ヒッチハイク

日方ヒロコ作品集

日方ヒロコ著

Hitch hike

HIKATA Hiroko

インパクト出版会

ヒッチハイク　日方ヒロコ作品集

目次

カバー・扉絵＝日方ひろこ

蟻の塔

お付けのみ

さっきからの動きに迷いはなかった。

台所と居間の間には雑然と物が置いてある。壁と茶箪笥の間に水枕が立てかけてある。それを取り出した丙也は外のポンプ井戸まで持っていき、ポンプの口に水枕を挟み片手で水枕を支え、片手でポンプをこいで水をくみ上げる。水が七分目ぐらいはいったら水枕を外し口を金具で止める。部屋へ戻る途中、おやじの道具箱からキリを取り出してくる。昨日二寸釘で失敗したからなと思い、わら草履を脱いで居間に入る。寝巻のひもで水枕を自分の腹に巻き結んで固定する。今日は失敗しないぞと座敷の真中に胡坐をかいて座る。

キリを腹に巻きつけた水枕に向けてぐっと突き刺す。切腹するのだ。

「うっ」と声を出して横に引こうとする。横には切れず水が噴き出してきた。予定にはないことが起きた。どうしよう。丙也はあわてて水枕を腹から外し畳の上において外に飛び出した。

となりのヨッちゃんちへ行ってみる。桶屋もやっていないのに桶屋のヨッちゃんという。

ヨッちゃんちは母ちゃんがいない。父ちゃんは郵便局に勤めている。長男のヨッちゃんは食事の支度もする。丙也とは一つ違いの小学四年生だが大人びていて、いいことも悪い事も一緒にする。

丙也はいま、切腹に失敗して家から飛び出してきたのだが、そんなこと言えやしない。ヨッちゃんとビー玉をし始めた。
家に帰っても水枕の事は誰も言わなかった。

雪が降ってきた。忠臣蔵の討ち入りだ。さっそくヨッちゃんちへ四、五人が集まる。近くの桑畑から桑の枝を切ってくる。刀をつくるのだ。柄の部分だけを残し枝の皮をナイフで丸く削る。荒削りした後は丁寧に削り取っていく。仕上げはペーパーでこするとつるつるになる。

近くのお寺は無人寺だ。桑の刀をもってそっと行く。寺の雨戸は重い。その重さを利用して桑の枝を弓なりに反らせるのだ。雨戸と雨戸の間の敷居の上にさっき刀状に削った桑の枝を置き、片方の雨戸を少しずつしめていく。少しずつ反り返っていく。丁度いい具合になったら敷居に棒をつっかえて、しばらく寺の境内でかくれんぼをして遊ぶ。鳥居や社は小さいのがいくつもあるのでいくらでも隠れるところがある。二時間ほどの間に四、五本の刀の枝が弓なりに反っている。刀となった桑の枝は、柄と刃の分け目に、盆踊りの時期にとっておいた提灯の下についていた房を丸ごと結びつける。房の色が銀色だとすごくかっこいい。

近頃の大石内蔵助は桶屋のヨッちゃんだ。

いよいよチャンバラだ。雪の中、敵味方などどちらでもいい。チャンチャンバラバラチャンチャンバラバラ好きなだけ続く。

腹がへってきた。ヨッちゃんちへ行ってふかし芋を食う。ヨッちゃんとこは月給取りなので収入が安定している。だが、芋をみんなで食ったことが父ちゃんにばれたらぶっ飛ばされるだろう。ふかし芋はヨッちゃんが蒸かすんだから、それに父ちゃんが帰ってくるのは夕方になってからだしばれやしない。あるだけ食ったらまた外に飛び出した。

ここはやたら寒い。竹橋の付け根あたりにある蒲郡ホテルを写生しているのだが、腿の付け根あたりがズキズキしてきた。小学三年の丙也は写生が好きで、どこにでも一人で写生に行く。しかし今日は寒くて震えが止まらない。綿入れのはんてんを羽織ってきたのだがどうも調子がのらない。今まで絵が完成しないうちに帰ったことはなかったが、鼻水が出るわ、ガタガタ震えるわで写生どころでなくなった。立ち上がって歩こうとしたら腿の付け根が痛くて痛くて泣きそうになる。右足を引きずるようにして家にたどり着いたときは日がとっぷり暮れていた。

あとのことは覚えていない。目が覚めたらじいちゃんが枕もとで心配そうに座っていた。腿の付け根がズキズキするというと「見せろ」という。看てくれたら驚いた声を上げた。

「こりゃあいかん、はれあがっとるじゃん!」じいちゃんはさっそくジャガイモを洗って皮のまま大根おろしですって、小麦粉と混ぜて油紙に薄く広げ湿布をしてくれた。おふくろは夕飯の支度をしながら時々心配そうにのぞきに来る。それが後に大事になるとはだれも思っていなかった。

丙也が痛い痛いと訴えるので、近所の電気屋からリヤカーを借りてきて、丙也はリヤカーに乗せられ、行きつけの腹痛でも風邪ひきでも見てくれる医者に見て貰いに行った。医者は一目見て紙に黒い塗り薬をへらで塗りひろげ張ってくれた。腿に熱があるので紙の上から湯気が立っていた。

一週間通っても良くならないので指物大工の親父が三人の弟子に仕事を任せて、歩いて一里ほど先にある外科専門の病院にリヤカーを引いて連れて行った。おふくろも脇について行った。

先生は一目見るなり
「なんでこんなになるまでほかっといた。もしかすると腿から切断せんといかんかも知れんぞ！」

と言われ、早速手術の準備に取り掛かった。

「麻酔はかけるけれども、あまり効かんでお父さんも押さえつけとってくれ。看護婦も手伝うが暴れると手に負えなくなるで」と言って丙也は三人の大人に押さえつけられた。執刀が始まった途端、痛いのなんのってのけぞって叫んだ。

「やめてくれぇ！　やめてくれぇ！」

膿がダボダボ出たらしい。ガーゼでふき取りガーゼをつめて仮縫いされるまで地獄だった。終わるまで二時間ぐらいかかったようだ。待合室で抱きかかえられて待っていると軍艦マーチがラジオから聞こえてきた。ラジオがアメリカと戦争を始めたと告げていた。

ガーゼを取り換えに一週間通った。その度に丙也は病院の寝台の上でのけぞった。通院しなくなって一週間ぐらいでやっと歩けるようになった。

戦争は毎日、勝った！　勝った！　と報ぜられた。丙也はその度に日本国旗を壁に貼ってある世界地図の上に張った。

ビルマ、タイ、シンガポールと次々と張っていった。遊びも戦争ごっこに変わっていった。次第に食べ物が不足してきた。

邦夫兄は少年航空隊に志願していくことになった。訓練を受けるため満洲に行くのだという。口減らしのためだ。満洲はとても寒い所だという。おふくろは綿入れのはんてんを作って持たせた。

親父の指物大工の仕事は少なくなって弟子を雇う事も出来なくなっていた。親父は兄と他の少年志願兵も連れて岡山まで行くという。岡崎駅まで、丙也とおふくろは他の親たちとともに見送りに行った。岡崎から豊橋までいき、豊橋で急行に乗り換えて岡山まで行くという。

小さな日の丸の旗を持って岡崎駅へいき、みんなで「ばんざーい！　ばんざーい！」と両手を上げて見送ってきた。

いつものようにヨッちゃんちで遊んでいると腹がへってきた。ヨッちゃんは六年生になっていたが、食事の支度は相変わらずヨッちゃんがする。夕食の支度のヒントになると思ってかみんなに聞いた。

「ほい、おかずは何が一番好きか？」丙也がこたえた。

「お付けのみ」

「お付けのみ？　なんだそりゃあ」

「あのよう、畑でとってきた芋たらいの中いれて、洗濯板でごしごしこすって洗ってお付けのみにいれるがぁ」

「なんじゃ、里芋の事か」

「うんオレ弁当のおかずにも持っていくで……」

「弁当のおかずにも持ってくんか、手間かからんでいいなぁ」

丙也のお付けのみは評価された。

今夜行こうか、と決まった。

夕食が済んでまた、ヨッちゃんちに集まった。ヨッちゃんの父ちゃんが「どこいく?」と聞いた。ヨッちゃんが「ないしょ!」と応える。

「悪いことするでないぞ!」という。父ちゃんは公務員だから頭が固い。みんなは悪いことをしに出かけるのだ。

墓の横を通って南の土手に出る。しばらく土手の下を走っているといい匂いがしてくる。人に見つからないように身を屈めて歩く。ちくわ工場が見えてくる。工場の裏にできたてのちくわが四角い枠のすに並べて干してある。近づいた悪童たちはそれぞれの指に一本ずつちくわをさして、十本の指にさし終わったらそっと離れる。気配を察したのか工場から人が出てきた。

「こらぁ、ぬすっとめ!」と走ってきた。みんなはもう十本ずつ指に挟んでいたので脱兎のごとく逃げるだけだ。外灯の裸電球がやけに明るく見える。影の方へ走り抜ける。田圃の畦道まで出てきたときには誰も追ってこなかった。それぞれが指にさしたちくわを息もつかせぬ勢いでムシャムシャ食べた。

「ホイ！　んめーなぁ」とだれかの感にたえた声。

「うめーだらぁ」ヨッちゃんの声、あとは夢中になって食う音が聞こえるだけだ。

翌朝、丙也は自分ちの家の前から十字路の角にあるお寺さんの前まで、竹箒で落ち葉を掃いていた。昨夜のことなんか悪いとも何とも思っていない。毎朝掃いている。竹箒で掃くのが好きなんだ。

ルーズベルト・チャーチル・蔣介石

担任が教室に入ってきた。すかさず級長の声がかかる。

「起立！」五年生がいっせいに席を立つ。「礼！」「着席」

国語の授業が始まった。

宮澤賢治の「雨ニモマケズ」を順に朗読するのだ。太治に順が回ってきた。

ホメラレモセズ、クニモサレズ、サウイフモノニワタシハナリタイ。太治が座ろうとしたら隣の丙也がその椅子をすっと後ろに引いた。太治は腰を落として後ろの席の机に頭をゴツンと打った。

「いたっ！」太治が思わずしりもちをついたまま両手で頭を覆う。丙也はうまくいきすぎたので舌をペロッと出した。

「丙也！　出てこい！」担任の亀谷が怒鳴った。丙也は思わぬ展開に戸惑ったが仕方なく前に出る。

担任は顔をひきつらせて怒鳴る。

「なんで太治の椅子を引いた。なんで舌出した！」

「舌なんか出しとうせん」覚えがなかったのだ。

「なにおぉ！、口答えする気か！　うそつきめ、舌出したじゃないか！」

びんたを張ろうとした担任の手を丙也が素早く腕でよけた。よろけそうになった担任は左手でびんたを張った。右左と交互にびんたを張っていたがそのうち自分のスリッパを脱いで丙也の頬を張り出した。誰も止めようとしない。丙也の鼻から血が流れた。それでも担任はびんたを止めなかった。鼻血がシャツを伝ってきたとき、やっとびんたを止めた。級長を呼んでシャツの鼻血を洗ってやれと言い担任は授業を止めて職員室に戻った。丙也はしびれたほっぺたをさすりながら、級長は大変だなぁ、人の鼻血まで洗わんといかんのかと思った。

家に帰ったらおふくろが驚いていた。

「どうしたん……」

「うん、なんも……」答えようがなかった。おふくろは近所の同級生に聞きに行ったが誰も納得できる返事はしてくれなかったようだ。二、三日顔の腫れはひかなかった。丙也は担任の顔を見るのも嫌だった。

今日はマラソン遠足だ。六年生になったらマラソン遠足をする。約八〇名が走る。

梅干しの入ったおにぎりを竹の皮に包み風呂敷を斜めに巻いて腰に結んでくるように、学校から指定されたとおりにした。わら草履で走っているが、もう一足風呂敷の左側に結び付けている。長く走っていると踵あたりからわらが切れて、鼻緒まで切れてしまうと走れなくなるから履き替えるためだ。水筒は邦夫兄からのおさがりだ。かたには長さ一メートル二〇センチぐらいの竹の棒をかついでいる。竹やりと言っているが先はとがらせていない。昭和一九年東京は空襲にみまわれているとのうわさだ。米兵に出合ったら竹やりで刺すのだという。恒例のマラソン遠足で、校庭から六年生が走り出るのだが今年は竹やりが加わった。物干しざおぐらいの太さ、それを小銃を担ぐように肩に担いで走る。走ってみるとぎこぎことリズムに乗って走りやすい。夏の終わり坂道や畑の中を走る。背にはみかん畑、眼前には海が広がる道が続く。蒲郡から本宿方面に向かう。丙也は小柄だが走っている内仲間を次々抜いていった。徒競争では三等まではいればいい方だった。振り返ってみるとそれぞれが息を切らしている。前方には一人か二人見える。抜かそうとも抜かされるとも思わない。竹やりがうっとうしかった。みかん畑が続く。ここら辺まで来ると走っているものはほとんどいない。緑色の小さな実がついているが、地元の人でなければみかんの木と気づかないだろう。トンネルの入り口が見えてきた。目的が出来ると走り出す。

トンネルの入り口にはルーズベルトと、チャーチル、蒋介石の顔が岩に貼ってあるからそれに石をぶっつけて当たったらトンネルをくぐれ、そこがゴールだ。と走る前に教頭が言っていた。まだ三つの顔は見えない。いつのまにか走る鼓動に合わせてルーズベルト、チャーチル、蒋介石、ルーズベルト、チャーチル、蒋介石、とつぶやきながら走っていた。だんだん見えてきた。同じぐらいの形をした岩がよくもあったものだ。新聞紙を何枚か張り合わせた大きな紙にルーズベルトの顔がでっかく描かれている。下の方には風に吹き飛ばされないようにいくつかの石で押さえられていた。チャーチルの顔の下にも、蒋介石の顔の下にも。こんな準備を女の先生たちが朝早くからしに来たのだろうか。朝の五時には職員室から持ってこなければ間に合わなかっただろう。丙也は女の先生が準備したと考えたことに何の疑問も持たなかった。ついに至近の距離に来た。石を投げる位置の線が引かれていた。教師が二、三人立っていた。最初にルーズベルトに投げた。右目の下に当たった。次はチャーチルだ。鼻の下に当たった。少し上に投げなければ……蒋介石のおでこに当たった。トンネルを抜けるとゴールだ。八坂に着いた。

四等だという。自分でも思いがけなかった。

「丙也、早かったなぁ！」と担任が言った。スリッパで張り倒された亀谷ではない。あれから一年たっている。六年生の担任だ。丙也もこんなに走れるとは思わなかった。気持ちよかった。

トンネルを少し下ったところに広場がある。背後は土手で風を遮っている。みんなおにぎりをぱくついている。

今年の祭りは活気がない。屋台が少ないのだ。とうもろこしも焼いていないし、りんご飴の屋台も出ていない。軒並みに飾る幟旗も出ていない。丙也がうろついていたら佐吉が追いかけてきた。

同じ六年赤組だが席は離れている。

「あそこで面白いことやっとるぞ」

「紙やいたらな、字が出てくるんや。何でも当たるでぇ」行ってみたら七、八人がとりまいていた。なんでも自分が聞きたい事を紙に書いて渡すと紙をろうそくの火にかざす。すると答がこげて炙り出されるというのだ。

丙也は紙を渡されてしばらく考えた。戦争が始まって三年たった。最初の頃は東南アジアのインドネシア、ビルマ、フィリピン、マレーシア、シンガポールなどラジオのニュースを聞いて壁に貼ってある世界地図の上に日の丸のシールをつぎつぎにはっていたのだが、近頃はニュースでも「南進した」とか言うだけでどうなっているのか解かりにくくなっていた。

こないだは、せんべい屋の恭介の兄さんが名古屋の兵舎にいるのだが、南方に向かうのでしばらく会えなくなるから家族が面会に行くという時、丙也もつれて行ってくれた。それぞれが木陰で重箱をあけたり弁当をもってきて食べようとすると、馬に乗った将校が来る気配がする。家族がきているのに突然起立する。どこからか「頭ぁ中」と号令がかかる。将校を乗せた馬がとおりすぎるまで、兵士たちは右手を右耳の近くにあてて敬礼している。家族と歓談する余裕などないのだ。会いに行ってもこれから行く先は秘密だという。

しばらく考えていた丙也は炙り出しの紙の下の方に、日本は勝つか負けるか、と書いた。紙は集められ屋台のおやじの手に渡った。質問の文を読んでいたおやじの手が止まった。

「戦争は勝つか負けるか？　こんなこと書かん方がいいぞ。こんなご時世だからなあ。祭りもさびれてしまったなぁ。おじさんももう帰るわ」ろうそくの火を消して店じまいをし始めた。

昼休みが終わって全校生徒が校庭に集まってきた。ラジオ体操が始まった。と思ったらぐらっと校庭が揺れた。地震だ！　誰かが叫んだ。立っているのがやっとだった。職員室の窓から女の姫井先生が裸足で飛び降りた。揺れている間みんなはランニングシャツとパンツの姿で揺れが収まるのを待っていた。一二月の上旬なので寒いが余震が心配なので、なかなか校舎に入れず校庭でみんな震えていた。

帰ったら家が傾いていた。大人たちは組単位で防空壕を作ろう、近くの竹林がいい、竹の根はぎっしり張っているので地面が壊れにくく、地震の時の避難場所にも適している。空襲の時も竹林に爆弾を落としても何の役に立たないから落とさないだろう。などと話している。さっそく大人たちは翌日から防空壕掘りに取り掛かった。

（昭和一九年一二月七日一時、東南海地震が広い範囲で起きた。マグニチュード7・9、津波にも襲われたがラジオでの報道もなかった。当時日本は負け戦だったので大きな被害を隠していたようだが、米軍には、地震が起きたことも解っていたと敗戦後知らされる。）

昭和二〇年一月一三日午前三時、大きな揺れに目が覚めた内也は天井の梁がぐらぐら揺れるのを見て思わず手さぐりでおふくろの居場所を確かめた。おふくろがどう動くのかその足の親指をそっとつかんでいた。誰も動こうとはしなかった。というより動けなかったのだ。揺れがおさまってやっと外に家族が出ると家が六〇度位傾いていた。姉の悦子は出稼ぎにいっていたので家には五つ年下の良子と、東京から疎開してきた叔父夫婦とその娘四人、合わせて八人が住んでいた。裏庭にある便所は四〇度以上傾いていた。

親父と叔父はどこからか重機を借りてきて傾いた家をどうにか直したが直角まではできなかった。

（後に三河地震と知る。マグニチュード6・8、死者約一〇〇〇人と推定される。このときも日本は地震が起きたことを発表しなかった。東南海地震の時と同じ理由である。）

チョコレートと進駐軍

豊川工廠が燃えとるぞ！

蒲郡からも見えるところがあるらしく人々が走っていく。丙也もつられて走った。爆弾の音は聞こえないが、黒い煙が上がっている。だんだん煙が広がって噴出するように上がる。

誰もが唖然としていた。八月七日、広島に原爆が落ちた翌日だ。

（豊川工廠とは豊川市にあった日本の海軍工廠。機銃弾丸の製造を行った。当時は東洋随一の規模とされた。昭和二〇年に入り小規模の空襲はあったが、八月七日、サイパン、テニアン、グアムから飛来したB29爆撃機の爆撃を受け工廠は壊滅した。犠牲者は二六六七名、勤労動員されていた中学生、女学生からも多数の犠牲者が出た。広島、長崎などと一緒に原子爆弾投下候補地に入っていた。）

敗戦になって間もなく、進駐軍が竹島の近くに駐留することになった。

蒲郡ホテルには、多分軍の偉いさまが泊まっているのだろう。ホテルから西へ長い廊下が連なるように竹島館が建っていて、そこには進駐軍の兵士たちがぎっしり詰め込まれている。そこからもはみ出た兵士はいくつかのテントの中にいた。館内には大きな広間があって中心にテーブルが置かれ、その周りに兵士たちが寛いでいる。天井から大きな南京袋のような袋が吊るされ片側にコックがついている。よく見ると動物の皮のようだ。その中に水が入っているのだ。兵士たちはコーヒーやココアをこの水を使って飲んでいる。

館内から時々兵士たちが窓を開け、窓外に群がっている子供たちに菓子を投げる。チョコレートがあったらもうけもので、おおかたは土地の海老せんべいであったり、みかん飴やキャンデー、チュウインガムなどだ。高等科一年になった丙也も群がる子たちの中にいる。

昨日丙也は隣町の李秀仁から大きなチョコレートを一口貰った。一口と言ってもがぶっと喉の奥まで入れての一口ではない。李が食べかけていたのを「食べるか」と聞かれ丙也が頷くと「ここまでだぞ」と指の爪で一センチ五ミリぐらいに線を引く。その線以上侵入しないことを明かすように唇を開けたまま噛み切った。巾二センチ、厚さ一センチ五ミリ、長さ一〇センチぐらいのチョコレートだ。どうしたんだと聞くと進駐軍から貰ったという。口いっぱいにとろける甘さ、外側の固いチョコから、なかのクリームが一層甘さを引き立てる。チョコそのものを今まで食ったことも見た事もなかった。丙也は何のつながりもなく「日本は負けるはずだ」と思った。

今日丙也は家から自転車に乗ってきて、兵士たちに「自転車を貸してやろうか」と呼びかけている。中には借りに来て買い物に行く兵士もいる。礼にチョコレートを要求しても李に食わして貰ったほどの大きなものはくれない。根気よく通い詰めているうちおやじに見つかってどつかれた。指物大工のおやじは近頃進駐軍のおかげというか、仕事が増えている。料亭などの新築や増築が増えたのだ。さて自転車に乗って集金でもしてこようと探していたら丙也の奴、ヤンキーに貸してきたというのだから頭の一つ位こづきたくなるのは当然だろう。

指物大工として一番腕を問われるのは障子の上や下にある欄間の彫刻であろう。親父は四〇年ほど東京で修業をしてきたので地元の人には定評がある。

いくつもの木片を格子もように組み立てるだけでも日本情緒がある。最初から彫刻を掘る目的のため木片を張り合わせるときは気合が入る。米粉とみりんなどを小さなへらで幾度も幾度も練ってのりにする。こののりで木を張り合わせると絶対離れない。おやじが竜を彫り上げたものを見た時は驚きを隠すことが出来なかった。するどい角、目は木目にも拘らず光って見えた。障子はすぐ破れたり汚れるからと、部屋の仕切りもガラス戸にする家が増えてきた。ガラス戸も四枚ガラスと六枚ガラスでは微妙なコツの変化がある。そんな知識なく無理に入れようとするとバリッとひびが入る。丙也が無理にガラスを入れようとして出たひびの音に耳ざとく振り向いたおやじが「やったな！」と叱責する。手伝いを止めて抜け出したくなる。ふすまの張り方も難しいが丙也は得意だ。一面にのりをつけて張るのだが、その上から刷毛で水を一面に塗る。そのぬり具合でパシッと仕上がる。素人が最初に修業させられるのが雨戸だ。雨戸は頑丈だから失敗が少ないのだ。雨戸はよく作るので我ながら名人だなと思う。友人の所へ行っても雨戸ががたがたしているとすぐはずしてさかさまにし、戸車を付け替えてやったりする。

こうして高等科一年から新制中学二年まで手伝っているが、どうも仕事が忙しい割に実入りが少ないようだ。それに息子だからと給料をくれない。それを当然のように思っているようだ。

指物大工の仕事は建物が建ってからになるため、建物に代金を支払ったあとの施主は持ち金が少なくなる。指物大工に対して値切ったり、料亭で無理に飲み食いさせて、高い代金を逆に請求されたりと、やくざ顔負けの扱いを受けることもあるようだ。

近頃竹島館の近くに、やたら白いペンキで塗った建物が増えてきた。日本の家屋がそのまま白いペンキで塗られているのだ。米兵目当ての喫茶店とかバーなど片手間に開店しているのかもしれないが、日本庭園のたたずまいの中に白ペンキの店の点在は何か異様な光景に見える。長い廊下のような竹島館の中ほどに松の木を見事にあしらった庭園がある。

その中央にテント仕立ての劇場が出来た。そこには全国でも有名なマジシャンが来たりジャズ演奏があったりするようだ。まだ少女の江利チエミが出入りするのを見かけたりする。全国の米軍駐屯地を回っているらしい。ときどき白黒映画で見ることもあるが、こんな近くに来ているのだからぜひ生の声を聞きたいものだ。少し遅れて雪村いづみも来るようになった。いくら有名な歌手やマジシャンが来ても町内には宣伝されない。米兵たちの慰問だからである。丙也たちは見たくてうずうずしている。そんな時は桶屋のヨッちゃんの所へ行く。

「おお俺も見たかったんさ。まず二人で見て来るか。あそこの塀を乗り越えてさ。それさえできれば中に入り込めるだろう」丙也は、さすがヨッちゃん！　と手を打ちたくなる。江利チエミの生の声は圧倒的だった。のびやかに広がる声、しかも流暢な英語が曲をさらに深みに誘う。天才というだけでは言い足りない。マジシャンは軍服のような縦襟でキラキラした刺繍を全体に施し、袖口から窮屈な襟元から、次々に出て来る鳩。黄色いドレスの女がガラスの箱に入って男たちに運ばれてくる。ガラスの箱の真ん中に二人の男がのこぎりを入れ女の胴を引きはじめる。痛そうに身悶える女、胴体は二つに切られ上体は一人の男が押す車で舞台の左側に、上体だけの女はにこやかに観客に手をふりながら去っていく。女の下半身である黄色く長いスカートは右へと立ち去っていく。呆然と見つめている二人を見咎める者はいない。どうせタダだから無賃入場で構わないのだ。

このとき成功したので仲間も誘っていくようになった。江利チエミの歌によい、雪村いづみの歌には小鳥のさえずりがあった。映画で売れていた美空ひばりが来るようになったのはずっと後になってからだった。

♪右のポッケにゃ夢がある、左のポッケにゃチュウインガム

戦後そのもののひばりの歌は自分たちを代弁しているかのようだった。丙也たちは堪能した。

丙也にはもう一つ確かめたいものがあった。

兵士たちが何事か起きた時携帯する弁当の中身がみたいのだ。ジープの中にどっさり入っていると聞いていた。ヨッちゃんの所へ四、五人で行った。ジープの中にあることをヨッちゃんは知らなかった。

「そうか、ジープの中にあるのならことは早い。けどな、盗ってくるのは一個だけだぞ。五つも六つもとって来たらことが大きくなるでな」みんなは肯いた。

盗むのだから一応、夜行く事にした。丙也は見張り番だ。事はすぐ済んだ。ジープの中から一個だけ盗ってきた。ヨッちゃんの家へ直行した。保存食の弁当はみんなが見守る中で開けられた。最初にチョコレートが目に付いた。小さな板チョコが数枚、煙草も数本、他に、缶詰がいくつか入っている。圧縮されたパン。ベーコンとかブロッコリー、豆やトウモロコシが混ざったものなど数種類。ヨッちゃんが出した小皿の上に分けていく。煙草は一本ずつ吸った。吸った香りも日本のものとは違う。へぇーこんなにあるのか。日本が負けるはずだ。以前思ったことをまた思った。

アロハシャツは姉の悦ちゃんに作って貰った。布団の生地で大柄のいいのがあったので作って

貰ったのだ。が思ったとおりのものに仕立てられた。

悦ちゃんは栄組という建設会社で事務員をしているが、夜洋裁学校に通っているのでその教材を提供したことにもなる。したがって丁寧に仕上がって見栄えがする。

ギターは月賦で買った。今も支払中だ。現金を得るためにはいちいち親に金の使い道を説明しなければならない。

土方で働くことにした。壁土に水を加え、藁を三センチぐらいに押し切りで切ったものを二人がスコップで交互に混ぜ合わせる。わらと土の硬さが均等になったら、上の方で仕事をしている左官屋に渡すため背負子に壁土を入れ背負って梯子を上っていく。左官屋は壁土を上から順に塗っていく。一軒の仕事が終わったら次の仕事にありつけるまで家の仕事をする。そのうち進駐軍景気も底をついた。

ガチャマン景気が出てきた。蒲郡にも織屋が増えた。

その頃から丙也はおしゃれになった。織屋の女たちが大勢北陸あたりから就職してきたからだ。丙也は紺の染屋に就職した。その仕事を気に入っていた。大きな竈に三つの焚口があって竈が三つある。燃料は石炭だ。その一つの竈に上り股を大きく開き両手に一本ずつ、二本の竹で釜を覗き込むようにして白い糸の斑が出来ないよう、ぐるっぐるっと半周ずつ回して万遍なく色を染め上げていく。湯気の匂いが好きだ。昼になると大急ぎで家に帰る。おふくろが乳がんで寝たきりになり、丙也の帰りを待ちわびているのだ。

お経をそらで読むことでおしっこをしたいのを我慢しているのだ。丙也はストローを尿道にさし一口吸うようにして尿瓶に入れる。おふくろはほっとしたようだ。床ずれも出来ているようだが、乳がんの痛みも床ずれの痛みも一言も言わなかった。

おふくろが乳がんと判ったのは一月の末頃だった。

ちょうど麦踏みの時期だ。中学二年の良子、小学一年の克美と二人が妹、東京から疎開してきた二人の従姉妹のうち妹である春奈を加え三人を連れて近くにある麦畑へ麦踏みに出かけた。丙也は三人の女の子たちと麦を踏んだ。「なんで麦踏みするか知ってる？　青麦君が早く外へ出たいよと言ってごねるんで、まだ霜柱がたってるから外へ出るのは早いよ、早いよと麦踏みするんだよ」と言い聞かせながら麦踏みをした。春奈はその話を聞いて丙也が大好きになり麦踏みも熱心にした。

親父はおふくろよりも早くから半身不随になり、呆けもあって誰もいなくなると、昔の帳簿や領収書などを押入れから引っ張り出し、部屋中に散らかしている。以前仕事をしながらごまかされて集金できなかったことからこんな行為をするようになったのかもしれない。ときどきおふくろの寝ている所をそっと覗いたりしていた。ある日、丙也がおやじを盥湯に入れてやっていたら湯をひっくり返され思わずおやじを殴ってしまった。それを思い出すたびに涙ぐむ。

辛いことばかりではない。学校の校庭で『風の又三郎』の上映会がある、夜の事。丙也は近頃道端にしゃがみ込んでギターを弾き田端義夫の歌や岡晴夫の歌を歌うようになって織機工場の娘たちにもてるようになっていた。そんな中今夜の映画の後デートしようと、一人ずつ三人の娘に声をかけた。会場には三人とも来ていた。隅っこで見ていた丙也はこれは大変と映画を観終わるや否やそっと逃げ出してきた。

近くには戦時中思想犯で投獄されていた鈴木茂三郎がいて、ステッキをついて散歩している姿を見かけたりした。おふくろが元気なころ、あの人は偉い人なんだよと言っていた。

町会議員の選挙があったとき、誰に入れるの？　と聞くと小学校の教員をしている磯部貞一先生に入れると答えた。共産党公認だった。その頃は珍しいことではなかった。

おふくろは昭和二七年五月、痛さ苦しさを一言も漏らさず他界した。五二歳だった。末っ子の克美は一年生に入学したばかりだったが、姉や兄に心配かけないよう泣くのを我慢したという。

丙也は浜松の別珍工場で働くことになった。ビロードの生地を縞状に削り取っていく作業だ。明るい色に囲まれて丙也は満足だった。残業は当然だ。先輩を見ているとヒロポンを打っている。俺も打ちたいというと、薬屋ならどこでも売っているという。買ってきて打ってみた。すると元気が出て誰にも負けない仕事が出来そうになる。夜勤の日、その夜も気持ちよく仕事をしようとヒロポンを打って工場に向かった。ビロードの生地が縞状に削り取られて一反二反と仕上がるたびに工場の端へ運び、函詰にする。美しい生地が豊富にあるこの仕事が好きだった。仕事は捗っていたと思っていたが、いつのまにか幻想に呼びこまれていた。どの位経ったのだろう。夜明け前だった。目が覚めてみると目の前に山のように積み上げられた別珍があった。どうして誰も起こしてくれなかったのだろう。誰を恨む訳にもいかなかった。工場を抜け出し部屋に戻り、蒲郡に帰った。

蒲郡には、もう両親がいなかった。別珍工場にいた八月、おやじが亡くなった。今は、一番年上の悦子姉が戸主だ。

姉はふた従姉妹に当たり、本家でもある真原あさに丙也の事を相談に行った。あさは女学校の裁縫の教師であり土地持ちでもあった。あさは家に修業に来るように言った。丙也は精神を入れ替えるためと悦子姉にバリカンで丸坊主にさせられ、実家から近い、あさの家へ通った。薪割り、庭掃除、座敷は茶殻をまいて畳の目に添って掃く。廊下拭きなど仕事はいくらでもある。一仕事済んで風呂に入っていると焚口に薪をくべながら東京の先生がそっと覗いている。なぜこの小柄なおばさんを東京の先生というのか、小さい時からそう呼んでいた。修業とは言え風呂を覗かれるなんて辛いもんだ。ある日、親子丼を作ってくれた。あんまりうまいのでお替りと丼を出したら、丼物はお替りをするもんじゃない。お替りせんでもいいように丼物にしているのだという。真原あさの家には妹のふくがいる。東京の先生と三人が住んでいる。修業はこのぐらいにして丙也の就職を考えることにした。ふくの職場で取引先に鉄工工場の社長がいる。若いうちに手に職をつけた方が良い。その社長に声をかけてみるが、大切な取引先だから私の顔に泥を塗るようなことは絶対にしないように、と丙也はふくに念を押された。

社長の家は蟹江にあった。田圃の中だった。工場では旋盤を教えられた。帰ってくると社長がここを自分の家だと思えばよい、何も遠慮することはない、という。社長には二の膳がついた。丙也には煮しめと鰯が出た。向き合っていると喉が詰まる思いだ。その夜家から抜け出した。三日坊主というが一夜も辛抱できなかった。ふくの顔に泥を塗るつもりはなかったがどうしてもそこに止まる事が出来なかった。

蟹江から、叔母のいる南区まで勘だけを頼りに歩いて行った。叔母はおふくろの妹で建築業の夫を支えて暮らしていたが、苦労が多い割には前向きで、地元では婦人会長などをしていた。近くにある卸売市場に弁当を作って売りに行ったり、自宅の部屋を三部屋ぐらい貸したりして収入を補っていた。姉が他界したことで誰よりも悦子の家族を心配していた。

デートの電話

叔母は丙也がひょっこり現れたので、ちょうど近くに建ったオートバイ工場・パールに就職させた。ほとんどの工員が住込みだった。丙也はここで多治見からきた士郎という無二の親友ができた。士郎は写真家になることを夢見ていた。丙也は画家になりたいと士郎に言った。どちらが先になれるか競争しようと励まし合った。夜は伏見や柳橋まで映画を観に行ったり散歩したりした。柳橋で見た『格子なき牢獄』という映画はいつまでも心に残った。

そのうち丙也は、洋画家の中西幸二郎宅に油絵を描きに行くようになった。その仲間で『草の実会』という会が出来た。あちこちスケッチ旅行に出かけた。最初に行ったのは、せとものの街、瀬戸だった。煙突が三本立っている絵がかけたので床屋に行って飾らせてほしいと頼むと、床屋は気に入ってくれて理髪代をただにしてくれた。

看板屋の恩田は似顔絵が得意だったが、独自性がないと仲間から批判された。仕事柄そこから抜け出せないで悩んでいたが、そのうちボールペン画に自分の目指す先が見えてきた。

仏具屋の安田は、細かい細工の中に自分の表現する方法を見出していた。

はげしい性格の香南は、たびたび人とぶつかったが同じ会の仲間、岸子と結婚して、彼女の才能に惚れ込み、食事の支度も香南自身が料理をつくって岸子には作品に打ち込ますという暮らしに入った。岸子もそれに応えるほどの異色の絵を描いた。

中でも青山は多作だった。アクリル絵の具で透明感のある絵を描いた。グループ展をすると彼の絵が一番よく売れた。丙也はザクロの絵を一点だけ出した。ギャラリーの主人が気に入って買ってくれた。丙也はこのグループとも、つかず離れずの関係で油絵を描きだした。

二年パールに勤めたが、会社が多方面に手を出して解散した。失職した丙也は叔母の家に間借りして四畳の部屋に、市電の車掌をしている中西と二人で住むようになった。丙也が八〇号の絵を描き始めたので、中西は押入れの上の段で寝るようになった。戸板三分の二ぐらいの大きさなので同居人は大変だ。

職業安定所に行くと東空重工が臨時工を募集していた。臨時工として小牧工場に配属された。パイロットの乗る場所のオーバーホールをする仕事だ。オーバーホールの対象は米軍機だった。ここでも興味の尽きないものが次々と見つかる。置き忘れたパイロットの腕時計とかパイプとか、取り替えた計器とか。

八〇号の絵が完成に近づいた時、伊勢湾台風に見舞われた。叔母の家は押入れの下半分ぐらいまで浸水した。絵も濡れたがすぐ水洗いして完成にまでこぎつけた。その年東京の二紀会本展に出品した。入選の通知が来た。初出品で入選するのは難しいと言われていたので人には言えない嬉しさがあった。丙也は叔母におにぎりを作って貰い夜行バスで上野の美術館へ行った。草の実の仲間も一緒にきてくれた。上野駅に着いて美術館にたどり着いた。

ここが有名な上野美術館か、ここに自分の絵が飾られているのだと思うと胸がいっぱいになる。丙也の絵のタイトルは『五重の塔炎上』である。明るい絵の多い中、炎上する五重の塔は、炎が黄土色の寺に塗りこまれ、重く沈んで見えた。各ルームの批評会が始まる。担当の委員は丙也の絵を今後に期待したい。絵は一〇〇号で描くように、と言った。同じ部屋の中西がいよいよ押入れから出にくくなるな、と思った。

昼は美術館の食堂でカレーライスを食べた。大きな豚肉がたくさん入っていて旨かった。カレーの列が一番長かった。叔母が作ってくれたおにぎりは往復のバスの中で食べてしまった。

例年だと東京展が済んだら名古屋に巡回してくるのだが、伊勢湾台風で美術館も壊れ、名古屋ではできなくなった。

翌日から職場では台風で潮水に浸かった部品の水洗いに大わらわだ。ボルトワッシャなどに潮水と泥がついているのをブラシで洗い落とす。昼、昼食券をもってならんでいると見かけない女工が前の方の列にいた。同じ職場の職工に聞くと一昨日電気ショップに転勤してきたという。昼食後、草田の所へ寄った。パイロットのエンジニアで、空中は飛ばないがパイロットの席で不具合なところがないか点検する仕事をしている。草田は詩人なのであの女工の事を知っているかもしれない、と思ったのだ。そんな雰囲気があった。草田は丙也を見るなり言った。「おい、珍しい切り口の詩人が来たぞ。なんていうか泥臭いというか、底辺から切り取る眼をもっているというか」

菱田重工では労組主催の文化祭が秋に行われた。丙也は油絵を出品して優秀賞を受賞している。彼女は詩の部門で優秀賞を獲得しているという。会社は広いので他の分野の入賞作品まで見ている暇がない。

丙也は心の中で決めた。俺の嫁さんにしよう。さっそく草田に相談した。「ちょっと早いけど草田さんとこで忘年会してくれない？　俺モギコさんを誘っていくから」名前が中井モギコというのも気に入った。珍しくてありえない事だが本人がつけたみたいだな。それにしてもずうずうしい頼みごとである。草田は面白がって引き受けてくれた。丙也は構内電話で電気ショップにかけた。「僕絵描きなんだけど、明日栄で会わない？」中井モギコは見知らぬ人からの電話に驚いている様子だ。

「私貴方を知らないのにどうしたらいいんですか」

「大丈夫、僕が知ってるから。栄でオリエンタル中村のカンガルーの前でまっててくれないかな」

相手の戸惑った声を聴きながら、俺は決して離さないぞ！　と思った。まだ手元にも来ていないのに……。おしゃれな丙也は当日レンガ色のセーターにレンガ系スコッチの背広を羽織って出かけた。

当日オリエンタル前で待っていたモギコを丙也は草田宅へ案内した。草田夫婦は妻も詩人だ。彼女はサロンエプロンをして甲斐甲斐しくすき焼きの準備をしていた。牛肉はお店でしか見た事もない霜降りだ。太いねぎ、大きいしいたけには十字の切り目がついている。白菜、糸こんとたっぷり準備している。話題を持たない丙也になれている草田は、自分たちの詩のグループにモギコを誘っている。彼女も興味を持ったようで助かる。モギコは食欲おうせいだ。ご馳走を平らげて二人は帰りの電車に乗った。帰りの電車でも話すことはない。昨夜から準備しておいた叔母の家までの絵地図を渡した。綿密な絵地図だ。もしかしたらこれが初めての丙也のラブレターだったのかもしれない。

「今度の休みに僕の所に来ないか。油絵を見てほしいんだ」と言った。興味深そうな相手の顔に満足して栄で別れた。翌週の日曜日、モギコは丙也の元を訪れた。狭い部屋に二人の男が住んでいるということにまず驚いたようだ。同じ部屋の車掌は、丁度出勤で留守だった。何点かの油絵の中でモギコは「蟻の塔」という絵に惹かれたようだ。縦長の絵には額もついていない。小さな蟻の唾液で塗り固められた塔。何千匹、何万匹と想像すると気分が悪くなる半面、この塔のゆるぎなさを思う。丙也は長い髪をきりっとタオルで襟足に結んでいる。その襟足は炎天下で仕事をしているからか、赤黒く照りつけられている。

会話はすぐ絶えた。母屋で間借をしている鈴子と自己紹介した娘が、叔母と一緒にちらし寿司をつくって持ってきてくれた。四人で寿司を食べながら叔母が家の事情をいろいろ話してくれた。丙也には両親がいない事、姉と兄、妹が二人、蒲郡にいることなど。初めてきた下宿であまりに深い話を聞かせられてモギコは戸惑っているようだ。

丙也は明日からの作戦を練ることにした。まずパイロット室で一緒に仕事をしている養成工の沼田に昼休み、電気ショップに行って貰い、モギコに叔母の家の庭に建っている建築事務所へ電話をかけて貰うよう頼んだ。夕食も丙也は職場で食べて帰るので、帰宅したら事務所に行って電話がかかるのをひたすら待つ。コールがなった。

「もしもし中井です」

「はいすぐ行くから」丙也は相手の言葉を待たず電話を切る。七時過ぎの今からでは市電の本数も減っているし、乗り換えもあるから一時間はかかる。会って何をする予定もない。

市電は通勤パスが使えるから懐は減らないが、そんなことは眼中にない。モギコは大曽根にいるから店はラーメン屋でも、寿司屋とか、みたらし団子などいくらでもあるが、相手が出てきてくれるかだ。何しろ初めてのデートなんだからどうなるかわからない。モギコは電停近くで寒さに震えながら待っていた。

「こちらの事情も聞かないで困るわ」モギコが小さい声で言うとそのまま歩き出した。どこへ行くのだろう。やたら歩く。モギコもどうしていいか解らないようだ。その日はただ歩くだけで終わった。

翌日も職場で沼田に頼んだ。沼田は丙也に中井さん迷惑そうだったぞと言った。それでも建築事務所の電話の前で待った。コールがなる。「今日は来ないで……」「すぐ行くから」電話を切って事務所を飛び出す。また歩き出す。丙也は手をつないだ。モギコはそのまま手を引こうとはしなかった。「私勉強しようと思って下宿したのよ」と言われても聞く耳を持たない。熱烈に手をつなぐ。二週間ぐらいそんな夜が続いた。ラーメン屋にもよらなかったし、みたらし団子を買う事もなかった。モギコも迷っているようだ。自分の給料だけでやっていけるか。

「話し合ってみよう」モギコが下宿の二階に案内した。けんちん汁を出されたが話すことなんかない。翌日丙也は決心した。モギコの部屋に入るなり、モギコを征服した。モギコが泣いた。そんな時女は泣くもんだと思った。翌日丙也は、職場を休んでモギコの下宿に『蟻の塔』を持っていった。「昨日はごめん」と書いた紙を机の上に乗せて。帰ってきたモギコは狭い壁に掛けられた絵を見るのも煩わしい思いで見向きもしなかった。その時、蟻の塔が男根と化しているのに丙也も、モギコも気づかなかった。

ヒッチハイク

ヒッチハイク

降って湧いたような話だった。

来年は宅地造成したばかりの土地に家を建て、東空重工の社宅から出ると同時に、夫の丙也は東空重工を退職する手筈になっていた。それはモギコが懇願して決まったのだった。ジェット戦闘機をつくる仕事から離れてほしかったから。

夫がそこで食い扶持を得ているだけで、妻のモギコの思考さえ束縛され続けてきたことに耐えられなくなってしまったからだ。

丙也は、そんな事情もあって頑張ったのだろう。所属している二陽展に入賞して授賞式のため上京した。授賞式が終わったとき、先輩の委員から画商を紹介された。画商は千手行雄と名乗った。銀座にある千日画廊の社長だという。折りいった話がしたいので一泊して貰えないだろうか、ホテルを取りたいので……と言われたと丙也からモギコに電話がかかってきた。

「へえぇ騙されないようにね」

「大丈夫だ、先輩の先生は信用できる人だから」

「そうだね」モギコに面識はなかったがその人の絵は好きだった。

丙也は一泊して帰ってきた。

二週間ぐらい経った頃千手から、今度は家族で来てほしいと電話が入った。三年生の一人娘、葉子と三人で上京した。

千日画廊の社長、千手行雄は、夢見る男だった。無名の画家を育てたい。それは厳しい道だけどやりがいのある仕事だ。

「奥さんも私を信じて、私に生活を任してください。決して悪いようにはしません。画家は生活のこまごまとした心配を取っ払って、絵に専心していなければ嘘です。一見どんなに醜悪に見える絵でも、そこに画家の魂がこもっていたら、ぼくは見抜くことができる。ぼくにはその自信がある」

テノールの明るすぎる声で、三〇を過ぎたばかりの翳りのない丸顔を取り繕っても貫録を半減させるという、外見上のハンディキャップを埋めるかのように、真の芸術に対する情熱を披瀝する。

「今の画商はね、絵が解ると商売にならないなんて、理の通らない事をいうんです。ぼくは少なくとも画商である以上、絵が解らなきゃあ駄目だと思います。画家以上に絵が解らなきゃあ……だから私は他の画商さんのように画家を、先生、先生などと呼びたくない。私は自分の仕事を来世紀のルネッサンスをめざすアーチストディラーなんだと思っているんです。私は真原さんにも先生とは呼びませんからね、でも一年後には一流の画家になって貰います。私は真原さんの画家としての素質を見抜いて、千日画廊の契約作家になって頂こうとお願いしているのです」

その時点での彼の情熱に偽りはなかった。突如訪れた絵画ブームは、たちまち過熱した。投資家たちの好餌となっているらしかった。金の延べ棒買いあさり、ダイヤ買いあさり、真珠は駄目になった。絵がいい値になるらしい、といった類だ。

金に弱い民族、わがニッポンの顕著な戯画的現象だったといえる。その渦中にあって千手行雄は得意であった。ブレザーの内ポケットには、札束が無造作に入れてあった。

暗赤色の絨毯を敷き詰めた狭い画廊だが、奥行きを深く見せるために工夫されたカメラアイで、シャンデリアが如何にも豪華に撮られた千日画廊が掲載されている美術業界誌が、数冊送られてきたのは二か月ほど前の事だった。

今、その見覚えのある数冊の業界誌が入れてあるマガジンラックを脇に置き、踵の高いボタン留めのブーツを履いた小柄な彼は、太り気味の足を深く組み合わせ、パイプの煙を入念に吸い込む。その振る舞いに興味をそそられながら、パイプの煙草は何時から修業し始めたのだろうなどと、あらぬことに興味がわく。と言うのもいつか丙也の友人が何処へ旅行したのか、みやげにと貰ったパイプで丙也は煙草を吸う練習をしたようだが、なんだかじゅうじゅう音をたてるばかりで、パイプの口を押さえてとか、少しは空気を入れてとか、いくらアドバイスされてもうまくいかなくて眉間に青筋が立って、頭痛を起こしてしまった記憶にもよるのだろう。

見るからにキザな男の話しぶりに内心げんなりしながらも、モギコは悪い話ではないなとも思って聞いていた。先の見通しもないまま退社しようとしていたのだから、いつまで続くか解らないが、こんな後ろ盾があればなんとか乗り切ることが出来るのではないだろうか。

乗りかかった船だ。ヒッチハイクのつもりでどこまで行けるか試してみよう。

二か月前には丙也一人で上京した。その時も、この情熱家はこのような壮大な展望を披瀝し、パイプを左手に持ち、右手で売値の十五分の一の画料を支払うという契約書に、サインを促したのだろう。

「これじゃあ週に二枚以上描かなくては、あなたが月々保証するという金額には達しないじゃあありませんか。描けなかったらどうなるんですか、いつのまにか借金だけがたまっていたというのでは困りますよ」

契約書をみてモギコは千手に電話したのだ。

丙也は「これはこれ、書類上の事で描けるだけ描いたらいいんだそうだ。週に二枚なら会社に行かなくて済むんだから描けるよ」などとモギコに言い聞かせたり自分に言い聞かせるように、千日画廊で聞かされた契約内容を説明するのだが、モギコは得心できなかった。

「週二枚なら描けるよなんて、請負仕事じゃあるまいし、だいたい見通しが甘すぎるよ。あんたは器用で描いてるんじゃあないんだから。パイプの煙草だってうまく吸えないじゃないの」

パイプと絵とどう関係があるのだと言われたって説明のしようがないのだが、問い詰められれば深刻になるばかりの丙也と喧嘩をしてみたところで、詐術に長けた人間になる訳はない。千手に直接電話交渉をしてみると彼の答も丙也が言ったことと内容は同じだった。

その後二か月間、月二〇万円ずつ入金されてきた。これからも絵が描けても描けなくても毎月送るという。兎に角奥さんも一度画廊にきてください、と言われて三人で来たところだ。

話を聞いたからと言って気を緩めるわけにはいかないが、どっちみち東空会社を辞める手はずを整えてから舞い込んだ話だ。どこまで便乗できるか、その時になってみないと解らないが心配は打ち切ることにした。

にっちもさっちもいかなくなったって、取られる財産がある訳じゃない。こちら側から抑えの利くものと言ったら、テノールの声と丸顔のパイプで煙草を吸う男、という事ぐらいしかない。彼が何時この画廊のある貸しビルから姿をくらますかもしれない。としても、こんな顔の、こんな声の社長ということが解っているだけでも、どれ程人間臭い事だろう。

一九年間働いている丙也だって、東空重工の社長の顔なんぞ拝んだことはあるまい。それに比べればまじかに顔が見られる関係は捨てがたい。今までだって何度も暮らしに追われてきたのだから、いざとなったらその時考えればいい。

その夜は映画に出てくるようなレストランで食事をした。千手の饒舌は止まらなかった。

「奥さんのご趣味は?」と聞かれた。趣味なんぞ持っている暇はなかった。だが小説を書くための心の自由がほしい、一刻も待てない程、自由に焦がれていた。モギコは

「趣味とは違いますが、文章を書くことです」とこたえた。

「ほう……僕の妻の姪っ子も本を出版したばかりです。奥さんも書かれたら僕にも見せてください。

お役にたちたいと思います」

何という事をいってしまったんだ。モギコは鳥肌が立ってしまった。モギコが書きたいのはこんな環境にふさわしくないものの筈だ。

出てくるご馳走は次々に平らげた。娘の葉子もナイフとフォークをつかって見よう見まねで食べている。

「葉子さんは何が好きですか」

「油絵」葉子は何の躊躇もなく答える。

「さすがですねえ、どんな絵を描かれるんですか」

千手がすかさず聞く。つい先ごろ葉子も油絵が描きたい、と言うので丙也が自分の古キャンを出して描かせた。葉子は何の躊躇もなくその上に裸婦を描いた。丙也の絵の下部がテーブルクロスだったのだが、風呂場のタイルのように残っていて裸婦像が生かされているのだ。大胆なタッチも思いがけなかった。

「先日この子ったら裸婦を描きましてね、初めて描いたんですが大胆なので驚きました」話題が葉子の方に移ったのでモギコはほっとしながら答える。

葉子が居眠りし始めた頃おひらきになった。ホテルまで送ってきた千手が明日一〇時ごろにお迎えに上がります、と言って帰った。

ふわふわのベットは寝心地が悪い、このまま話は進めるより仕方ないなと思いながら少しうとついたと思ったら朝になっていた。

千日画廊の専務が迎えに来た。昨日、加納芳隆という名刺を貰っていた。彼が画廊の運営を取り仕切っているらしかった。磊落な話しぶりの中にも筋は通しておくといった芯のある話しぶりを聞いていて、この人がいたら間違いないだろうと、夢ばかり語る社長の後ろ盾がいることで少しだけ安心した側面もあった。

画廊では年が明けてすぐにでも、真原丙也さんの個展を開きたいから頑張ってください。それまで月々の保証はします、という。三月に退社して引越しするのでその後にしてほしい、と話をつけて帰ってきた。

あの表情をどう説明したらいいのだろう。二階で丙也が一〇号のキャンバスをこすっている音がしている。そのこする音が、どうにも異様に聞こえるのだ。さっきからこする音ばかりが聞こえる。階下で原稿を書こうとしているモギコは耳が吸盤のように天井に吸い付いてしまうのだ。〈こんなことをしていたら駄目だ〉と思う。

三月に引っ越してきて三週間あまり、荷物は一向片付かない。丙也は丙也でやっていく。自分は自分でやっていく。そんな風にしていきたいと思っているのに……

でもあの音は尋常ではない。追い詰められた者の音だ。

丙也はモギコの耳が階下の天井にぴったりと吸い付いてしまっていることを知っているのだ。早く部屋の真ん中に盛り上がっている荷物を押し入れや箪笥の中に押し込んでしまわなければ、と思っているが仕事が手に付かない。

もこもことりとめもなく物を買ってしまうだらしなさを、ねずみ年生まれだからだろうかなどと、いわれのないものに押し付けてみる。もう少し上手に詰め替えなきゃあと気分を引き締めてみるが、少し片づけたかと思うともう手が留守になっている。

やっぱりお茶でも入れてこようか。お茶、即席コーヒーと、そんなことばかり考えている自分に、誰へともない恥を感じる。丙也と一緒になってから一三年、盆にお茶をのせて運んだことはついぞなかった。

勤め先ではお茶を出すのが仕事の所もあった。仕事だから出すのに抵抗もなかったが、丙也に今更お茶を出すなんて押し付けがましい気がする。お茶が飲みたければ自分で飲む。夕食のとき「お茶」といえば手渡しで出す。それが丙也との関係だ。二階へ運んでいくから盆にお茶をのせていくのだけれど、頃合いを見計らっていくという事は、わたしはあんたを監視しているんだよ、と白状しているようなもんだ。天井に耳の吸盤を吸い付けたままなんだよ、と知らせているようなものだ。こうなってみると、文句をつけたはずの契約書に、一番忠実になろうとしているのがモギコなのだ。出来かけの家へ引越してきて一か月にもならないのに、丙也はすぐ絶望的な顔になる。

百万を切れる貯金をはたいてローンも組んで、むりやり造成したばかりの山の中へ、モギコの親から土地を借りて家を建てた。裏戸はドア番号を間違えて蝶番が反対についたのを持ってきてしまったとかで、すぐ替わりのドアを持ってきますと言ったのに、まだ取り付けに来ない。多分取り替えようとしたドアの値段がオイルショックでみるみる値上がりして、請負仕事としての釣り合いが取れなくなったのだろう。ビニールを貼ったままなので彼岸前の風がはたはたとうるさく容赦ない。山の中だけあって冷気が厳しいのか水道の水がすぐ凍ってしまう。洗濯は午後三時過ぎにならないと西側の水道管は氷が解けないので始められない。左官の仕上げもまだ来ない。物置だけは早く作ってほしいと念を押しておいたのに、いつまでも作ってくれないので、十数枚の大きなキャンバスが、工務店のテントで巻きつけて庭先に縛りつけてある。二階への階段の脇に張る化粧板も貼りに来ないので階段の裏が丸見えだ。向こうさまもみるみる値上げされる建材の確保に追い回されているようだ。こちらには電話もないし、公衆電話までは二キロ近くかかるので催促も思うに任せない。しかし、そんな事はたいしたことではない。家のために払った金は五分の一なんだから、あとの五分の四は借家だと思えばよい。借家ばかりに住んできたのだから持ち家はどのようでなければならない等と言う節操はない。

東空重工の社宅から、借金をしょって出てきた先の入れ物にすぎない。心配なのは丙也が仕事に身が入らぬことだ。

いくらヒッチハイクのつもりで画家家業に身を転じたからといって、契約の半分も絵が描けないんじゃあ、やっぱりやばいんじゃあないだろうか。それを今一番身に応えて不安になっているのは丙也なのだ。

今描いている絵の号数と、契約してきた金額の数字、保証するといった月額の数字を、食前食後に計算しては飯も碌に入らぬ顔をする。

もう一つ売値はこちらに関わりのないことだと思っていたのに、月々値上げされていく業界誌の売値を見ていると、その高値にまで縛られてしまう。もっと本当の値をつけてくれと悲鳴を上げたくなるのだ。こうなってしまえば飯を食おうが食うまいが、借金のたまりぐあいにあまり変わりはないのだが、飯を食えない世代に育った者には飯を食わないことが自分に対する罰則のように思っているみたいなのだ。

「いいじゃあないの、契約は契約、作品ができなくても保証するって言ったんでしょ。もし一枚しか描けなかったら、その一枚が一か月の給料分の値打ちだと思っちゃいなよ」とモギコは解ったようなことを言ってみる。けれども本当は飯もどんどん食って絵もどんどん描けばいいのにと気分をイラつかせているのだ。

「世の中そんなに甘くないよ、第一俺の絵は、一枚でひと月食えるほどの値打ちはない」

丙也は尤もなことを言う。がローン返済は待ったなしの月払いだ。ヒッチハイクも楽じゃない。千手行雄が、ゴッホの弟テオであろうとしても丙也は千手の兄ではない。血のつながりがある訳ではない。アーチストディラーの彼が、私は芸術を見抜けるのだと宣言している以上その眼力を持って「これは芸術ではない」と断罪すれば丙也の絵はたちまち拠り所を失ってしまうのだ。こうなると千手が言った生活の心配はしなくてもよいという太鼓判も、薄氷の上に乗ったような危うさでしかない。薄氷の上でモギコの耳は吸盤になってしまう。お茶を盆に載せていって仕事の捗り具合を確かめてきたくなるのだ。契約書に抵抗しているつもりでも、モギコは脆くも操られた監視人になっている。

〈千手さま、丙也はやっと仕事をしやすい位置をみつけたようです。カーテンの具合とか採光の具合とか、彼にとって仕事場が明るすぎるのも、気分が落ち着かないようです。座って描くか、椅子にするか長時間キャンバスに向かうにはどちらがいいか、いろいろやって見たようですが……〉

〈千手さま、今日丙也は、棚をつけるとか箒を掛ける釘を買いに行くとか、そんな事ばかりに気を散らせて、キャンバスに向かおうとしないのです。〉無意識のうちにモギコは丙也の動向を実況中継しているのに気づく。

バカな！　思わず身震いするのだが、次の瞬間にはもう二階にコーヒーを持っていこうか、お茶を持っていこうかと、うろうろしているのだ。

二階と下と、不安に駆られている者の表情は同じなのかもしれない。人形を操る者と操られる者の肢体がしばしば同じ形になるように。

とうとうお茶を盆にのせて二階に行ったモギコを振り返った丙也の表情は歪みきっていた。肩全体で覆い隠してしまいたそうなそのキャンバスに浮き出た奇術師の表情に、危うく声を立てそうになった。

こすり過ぎて、てらてらになった画面から、ただもう自分の影におびえた一つ目小僧のように、小頭の真ん中に弾力のない牡蛎のみを置いたような目玉がぽとっとついている。生の朱が軟体動物のようにLの字形に洞穴をあけた口腔の周りを彩り、恨みを飲み込もうとするようにねとついている。

ぶつかった丙也の目と同じ当惑した自分の目を落として茶を置くとモギコは逃げるように階段を下りてきた。だから行くなと言ったのに……。丙也を自分の手で閉じ込めてきたことに憮然としてしまうのだ。

翌日、丙也は起き抜けにキャンバスを叩き割り、その奇術師を燃やしてしまった。さっぱりしたのか、その夜一晩のうちにハンカチが花開いた下に、マッチ棒のように立っている奇術師が出来ていた。

モギコはパートに出ることにした。

あまりにいきづまってどうにもならなくなると瀬戸駅の方へドライブに出かけた。

縦横に細い道があって行き止まりになる道もしばしばある中で、陶器というには荒々しいもので塀が出来ているのを見るとなんだろうと好奇心がわく。それがえんごろと言って陶器を焼くとき、湯呑みとか花瓶などを薪から守るためのものだと知るのに時間はかからなかった。通りがかりの老人が教えてくれた。

時には瀬戸の駅裏まで行って心細げに軒を連ねている陶器屋を覗きに行く。瀬戸物は不思議なもので、一つ一つに温かみがある。織部焼の花瓶などが棚の片隅で探し出されるのを待っていたりすると、ほっこらした気分になる。そんな時間を半日ほど費やして帰ってくると新たな気分になって昼からの仕事に取り掛かる。

千手行雄の契約書に飼われた一対の描き手と操り師という形で、もう一つ別の丸っこい影法師に操られていることはかなわぬと思った。

丙也は自由になった。


パートに出たモギコは驚いた。

一九七三年のこの年はオイルショックとやらでトイレットペーパーがなくなった、洗剤がなくなった、と大騒ぎしていたのだ。小さな雑貨店で働き始めたのだが、そこにも開店早々ちり紙はないか、洗剤はないかと主婦たちが押しかけてくる。

「今日はSスーパーがトイレットペーパーを出すらしい」と情報が入れば、日頃声もかけずに買い物に出かける嫁が「おばあちゃんも一緒に行って並んで買って下さいよ」なんて動員されて、嫁にまで振り回されてるなんて言いながら、ばあちゃんが買いに来る。しかしこんな小さな雑貨店には卸し屋からも回ってこない。みんなが洗剤の取り合いをしているのに、洗剤製造工場には天井につかえんばかりの洗剤が積み上げてられているのを、目撃してきたかあちゃんがいた。

「物凄うあるくせによう、出さんなんてよう。倉庫に皆でおしかけて火いつけたろかしらん！」と息巻いていた。

地球という球体の中に埋蔵されている限りある資源は目の前の欲望に振り回されていたら、生産力の強力な現代工業の中ではすぐにも尽きてしまう。しかしそんなことは物ともせず、奴らは素早く利用して、人々を操ることを思いつく。人々は素直にあわて、踊り、走り回る。一瞬の間にまた奴らの大儲けだ。

くるくるくるくるすってんてん
働け働け働けと、無我夢中で働かせ
どんどん石油を無駄遣い、やめんならんは奴らじゃないか
残りかすで合成洗剤
身体に湿しんできようが皮膚がんになろうが洗濯ものは、ホレまっしろ
事もあろうに洗剤無くなるなんて脅しやがって
母さんばあさん脅されっちまってあほらしい

くるくるくるくるすってんてん
働いて働いて働かされて
どこの会社も生産過剰
何処のパートが品不足になる程、悠長に仕事させてくれたかやー

田子の浦がヘドロで捏ね返っても
水俣の苦海地獄も知らん顔
生産過剰は一向止まらず
次々人をえり分けて滓あつかいするうちに世の中滓しか生めなくなった
くるくるくるくるすってんてん

パートで働いているモギコの心の中をくるくるすってん節が入り込んで離れない。

雑貨店では洗剤が五箱入ったら、大事なお客のために一箱の洗剤を三袋位に分けて買って貰ったり、六個入りのトイレットペーパーを二個ずつ買って貰ったりして客を気遣っていた。

丙也が自由に表現が出来るようになると、モギコは自分のアイデンティティを失ってしまったように狼狽えた。丙也に会社を辞めて貰ったのは、自分の文学を確立させたかったからではなかったか。それなのにモギコは五時間程度のパートでへとへとになっている。

オイルショックに踊らされている庶民の姿を垣間見ることが出来たのは悪い事ではない。しかし本来の表現活動にはいらなければ、希望は遠のいてしまうだろう。

モギコはパートをやめた。

今度はモギコが呻吟する羽目に陥った。表現したい情景はぎっしり押し寄せてくるのに表現する文章が見つからない。三十七歳まで閉じ込めていた心の扉を開くことが出来るのだろうか。夜が明けるまで一行もかけず、一軒家を幸いに号泣していることもしばしばだった。一人娘の葉子が二キロも離れた小学校へ通うのに見送りに出る元気もなかった。

葉子はおねしょをするようになった。悪童にからかわれたりいじめられたりしている事に、親のモギコは気づかないでいた。

日本の植民地だった旧満洲から引き揚げてきた、小さな漁村の光景から描きたかった。〈たなものやー、ニンジンだねや、しょうごいんだいこんー、いんげんだねやー、二十日大根の種はいりませんか、たなものやー〉目の見えないおやじさんが菅笠を冠って荷車を曳きながら歌うような声で季節の種を売りに来る。その人の妻らしき人が梶棒をしっかり握って側について歩いている。

夕方になると、朝鮮人の〈なかおすー〉（あだな）に娘たちが寄ってきて「なかおすー、手相みてぇ」と手を差し出す。

そんな光景にたどり着きたいのに入り口が見つからないのだ。

小さな漁村に生きていた他所もんたちを生き生きと生み直すところへ辿りつくことが出来るのだろうか。

丙也は葉子のおねしょの布団を干してキャンバスに向かい油絵を仕上げていく。一点一点充実した作品に仕上がっていくのがモギコには羨ましい。

梅雨明けが遅れて、いつまでもどしゃ降りが続いた後の、むし暑さにうだるような七月の初旬、待ちくたびれた千日画廊は、やっと丙也の個展にこぎつけた。

時すでに遅し美術業界は斜陽の傾向があらわれたという噂と同時に、銀座の画廊が軒並みに倒れ始めていた。

難産の末の丙也の個展初日、千日画廊には額屋が借金取りに押しかけていた。

「大事な個展の初日なのですから、先生も来ておられるんだし、帰って下さい、また、話に応じますから」専務の加納は、借金取りの肩を押して外へ出そうとする。

「そんな大事な日なら、払うもの払ってからにして下さいよ」

「それは個展がすんでから清算しますから」

「だって、あんた達がここからどろんしちゃったら元も子もないからね」

働き者らしい骨組みの背を見せて、嵩高な女が若い男を後ろに従えて食い下がる。なるほど貸しビル中心の銀座の商店には根っこがない。今日画廊だったところが、明日は見知らぬ者の宝石店になっていたとしても、踏み倒された借金の尻拭いをする者のいくえは尋ねようがない、というような蜃気楼の出没の中で商いを続けようとすれば、形の見えるうちが勝負といった技も持たねばなるまい。

「今までそんな信用を落とすようなことをしましたか。私のとこはずっと、誠心誠意やってきてるじゃあないですか」

「今までは今まで。だってこの一週間が山場ですよ。思いがけない事ばかり起きるんだから……」

「うちはどんな事があっても潰れやしませんよ」

「だったら今払って下さいよ。そうすりゃあ気分よく個展も出来るじゃあありませんか。それが駄目なら、額だけはずして持って帰りますよ」

激しいやり取りを目の前で演じられて丙也とモギコは顔を見合わせた。

「絵画はがた落ちだげな」

そんな声は聞こえていた。それがこんな様となって目の前で演じられようとは……。

投機用絵画の値ががたがたと崩れた。幾重にもつっかえ棒をして高値を支えていた市場は、つっかえ棒らしい弱さで一瞬に崩れ去ったのだ。

千手行雄の内ポケットからも、たちまち札束が消えた。むし暑さが幾重にも皮膚にかぶさってきて銀座は窒息しそうだ。

一つ目小僧を焼き殺して、やっと絵が手の内で動き出した丙也の個展は、抜け場のない暗幕が垂れていて借金取りのわめく舞台に似つかわしくなっている。

「宣伝費はずいぶんかけてるんです。あなたの事も宣伝しているので予約者が次々見えるんです。きっと幕開けには、画廊の前に列ができますよ」

と何度も呼び出し電話で情報を聞かせて、丙也の製作を励まし、急がせた画廊だったが痛手はひどいのだろう。個展の初日にしては、千手のテノールに張りがなかった。

世の中の不幸を一身に背負込まされたように欝症に取りつかれているかと思えば、丙也はこんな場面には案外強いようだ。

千手さんが気の毒だから借金取りの騒動を、なるべく気が付かんふりをしようと言う。狭い画廊でそれは無理な話だが肯いてしまう。

「そんなに列をつくってバタバタって売れて消えてしまうより、売れん方がいいよ、勿体ない」

丙也らしい愛惜だ。持ってくるごとに売れてしまった最初の頃のあっけなさを思っての事だ。わしは描くのが遅いから売らずにおいてくれと頼んで、やっと個展用の数が揃ったのだ。せっかく東京に来たんだし、ちょうど目の前で切り替わり劇が演じられているのだから見物して帰ればいいや、などと御託を並べて自分を応援してみるが、湿気と暑さに押しまくられて、やってくるのは主に千日画廊の契約作家たちしかいない。一人酔っ払いが隅っこに掛けていて、ときどき何か喚いている。契約作家らしかった。こんな見知らぬ人との応対に、ぐったりしてしまう。

丙也にしてみれば、いくら小さな画廊でも銀座で個展をするなどとは思ってもいなかったのだから、売れても売れなくても嬉しいのだ。

新調したワンピースのスカートを、ストッキングを通した汗からはがしながら、この服の仕立代も払ってないなと苦笑がわく。

一九歳の時両親を亡くした丙也の親代わりになって、なにかと世話をしてくれている丙也の姉も、銀座で丙也が個展をするというので末の妹に連れられてきた。服は従妹に借りてきたとの事、つましい生活をしていながらいつも弟妹達を気遣っているのだ。

個展には列をつくって客が買いに来るそうな、と聞いていたのに深閑とした会場にたどり着いて驚いている。朝の借金取りの修羅場を見ていなかったのがせめてもの姉孝行と言えるだろう。

「石油ショックで絵も売れなくなったらしいの」モギコはそっと義姉に耳打ちする。

「これからどうやってくのー」

「解らんけど、どうにかなるんじゃない?」

この話がなかった時から会社を辞めるつもりでいたのだから、ヒッチハイクの期間がせめて個展が済むまで続いてほしかったけれど、貧乏人で済んでしまった方が身の為になるのかもしれない。しかし義姉にはそんなことは言えない。心配性に輪をかけてしまいそうで……。

両親に一年生の時死に別れた妹は、しっかりしていて姉を画廊まで連れてきたのだった。

二人はホテルを取ってあるから明日また来ると言って帰った。

長くむし暑い一日が、むし暑いまま暮れた。

閉店間際のレストランでそそくさと食事を済まし、専務の加納がビジネスホテルに案内した。

「明日の朝、開廊一〇分前にきてくれますか」このビジネスから一刻も早く解放されたそうに言い置いて帰った。今まで楽天的な声しか聞くことのなかった彼の面が、すっかり苦渋の影にかくされてしまっている。

翌日加納は開廊一〇分前に、シャンデリアのついていない画廊のテーブルの前にいた。

「今までの製作枚数から言って、月々の仕送りは三分の二に減らすことにします」と言った。まるで宣戦布告をするような構えだった。

千日画廊との契約書はモギコのハンドバックの中にある。

基本契約書
千日画廊（以下「甲」という）と真原丙也（以下「乙」という）とは、相互の信頼のもとにその意思を尊重し、次の条項により、本契約を締結する。
一、乙はその製作した作品のすべてを甲に譲渡する。
二、甲は乙から譲り受けた作品については、責任を持って取り扱う。
三、乙はいかなる理由があるといえども、甲以外の者にその作品を譲渡してはならない。
四、画料については別途定める。
五、画料は原則的には、作品と引き換えに現金をもって支払う。但し、特別によることもある。
六、乙の作品に係わる宣伝費用等は、一切甲の負担とする。
七、乙の個展に係わる費用等は、一切甲の負担とする。
八、個展に当たっては甲、乙協議の上然るべく取り決める。

九、本契約の有効期間は特別の事由がない限り無期とする。
十、本契約の証として二通を作成し各々一通を保有する。

署名捺印がしてある。その何処にも生活の保証をするなどとは書いていない。けれども乙の描いた絵はすべて甲のものになるのだ。それだけはよく解る。

この契約書が、どれだけ身を縛る力を持っていたかは、つれあいのモギコにも充分身にこたえていた。あの耳が吸盤になってしまってはがすことの出来なかった日々、思いだすことさえも恥ずかしい。契約作家という名のもとに、個人的な絵のやり取りまで禁じられてみて、やっと絵を描くという事が丙也にとって自由の領域であったことを知ることができたのだった。

モギコは改めて照明のない画廊に、ひっそり息をつめている丙也から生まれた奇術師たちを見わたした。悪くはなかった。

華やぎを追いやった一つ一つの画面からは、諦めと言うほどの哀愁さえもなく、そこでたまたま奇術師をしている者の日常の貌が、その他は何も付加することはないといった、一人一人がそこに在った。

丙也は、四か月の間に、この一人一人と格闘したのだ。それはもう保証金額より枚数が多いとか、絵が値上げされたとか、暴落したとかの範疇の外にあった。でありながら千手のイントネーションの強い熱情を信用したからこそここまで描けたのだった。

加納は宣戦布告の体勢を取っているが、こちらはあくまで戦争反対なのだ。会社の規則にがんじがらめになっていく不自由さから抜け出してきたつもりでも、今は一枚の紙に立ちはだかれている。

マイホームが目標のすべてではあるまいしと、無鉄砲に家を建ててはみたものの、こんな時まで平気な顔でいようとするには、小心者同士ずいぶん体力のいることだ。昨日と今日と、また事情が変わった。それでも悲愴にもならず、ぬけぬけとやっていかなければと思う。

昨日の借金取りの激しいやり取りを目前にしていたので、今日は当然破産宣告かと思っていたが、テオはまだ頑張っていくようだ。「相互信頼のもとに契約は無期」なのだから、もう少し内情を聞きたいのだが、能弁だったテオも、こうなると一切顔出ししない。

画廊に照明がついて個展の二日目に入った。

義姉妹が茶菓子をもってきた。客はほとんど入らない。変わっていないのは昨日と同じように契約作家のひとりが、朝からアルコールの匂いをまき散らしながら画廊の一隅を陣取って動かないことだ。

彼は飛ぶように売れた頃から契約作家になっていて、茅葺き屋根に残雪が載っているようなよく似た絵を何枚も描いて、千日画廊に貢献しヨーロッパ旅行にも何回も行ったのだという。彼は自分が稼いでやった金を、どこの馬の骨かもわからぬ新人に使われてたまるか、という顔をむき出しにして見張っているようなのだ。この画家も保証額を減らされたのだろう

「どうなっとるのー」義姉が昨日と同じことを聞く。

「保証金を減らされたの」モギコは義姉にだけは隠さずにささやく。姉には親以上の世話になっているからだ。後に聞いたことだが、内也は質屋に二〇着以上の服をかたに金を借りていたという。小さい時からおしゃれで、独り立ちした時から友人と服を仕立てに行っては仕立て代を払うために、先に仕立てた服を質屋に入れて新しい服の仕立て代を払っていたらしい。

モギコと一緒になるとき「背広はあるの？」と聞くと箪笥にしまってある、とこたえた。箪笥と言うのが質屋だったのだ。質札が一二枚あったのを義姉がモギコに苦労させてはいけないとなけなしの金をはたいて質屋から出してくれたことを、ずいぶん後になって知ったのだった。

「それでやっていけるのか」

「やっていくよりしょうがないもの」それ以上の事は静かな画廊の中で言えるものではない。義姉はモギコのワンピースが新調されているのを見逃さない。

「これからは無駄遣いせんようにせな。わたしなんか、すぎちゃんに東京いくで服貸していうて借りてきたんよ」という。すぎちゃんとは従妹の事だ。

「そうね、気をつけるわ」モギコは肯かざるを得ない。義姉が意地悪で言っているわけではない事を知っているからだ。それにモギコは新調した昨日と違うワンピースをきているのだ。朝着かえるとき言われるだろうなとは思っていた。服を仕立て屋に出して新調したのも初めてだった。生地を買いに行ったとき二枚の生地をどうしても手から離せなかったのだ。その時は我ながらいじましさに辟易したものだ。でも今は二枚仕立てておいてよかったと思っている。昨日のむし暑さでワンピースはじっとり汗ばんでいて着かえられる物ではなかったし、こんな羽目になってこれから新調できるはずもない。しかし姉の意見には肯かざるを得ない。

姉妹は画廊を一通り丁寧に見て帰っていった。

酔っぱらいの画家は相変わらず画廊の一隅に腰かけていて、ときどきよろめきながら「出てこい！、千手野郎、どこへ行きやがった！　逃げやがったな」などと怒鳴り散らしてはもとの席へ戻る。うっとうしい奴だ。丙也が下戸でよかったと思う。

もと会社で仲間だったのに、東京に職を変えて今は自分に合った職を得たらしく、洗練されたスーツ姿で立花が現れた。立花は画廊の異様な雰囲気にすぐ気付いたようだ。

「真原さん個展おめでとうございます。ずいぶんご無沙汰してまして、こんな立派な個展をされるなんて夢にも思っていませんでした。ゆっくり見させて貰います」紳士的なあいさつにこちらが戸惑ってしまう。丙也の個展にふさわしい挨拶をしてくれたのも昨日から初めての事だった。

お昼に近いので、近くのレストランで食事でもしませんか、と誘われて親子三人、立花に付いて出た。

レストランで食事をしながら立花が言った
「生き馬の目を抜くと言いますが、千日画廊も相当痛手を蒙っているようですね。この調子じゃあうかうかしておれませんよ、騙されないようにしなければ」

「気を付けるわ、わたしたちも昨日からひやひやしているの」モギコがこたえた。

画廊に戻って帰り支度をしていると、立花が私が送ってあげましょう、と言う。加納がほっとした表情になった。千手は初日に少しだけいただけで今日は顔を見せにも来ない。

新幹線のホームまで送ってくれた立花は途中で素早く買ったカステラをお土産にと渡してくれた。

「くれぐれも気を付けて」彼に見送られて帰ってきた。


しばらくは呆然としていた。

絵は暴落した。札束の代用品としては不確かすぎると見切りをつけられたのだ。三分の二に落とされた千手からの手当ても長くは続くまい。小学生の時から絵だけは好きだったという内也は、急かされなくなって却ってほっとしたのか調子が出てきたようだ。ただ契約はそのままになっているので、絵を他に売る訳にはいかない。月々の借金の払い込み分だけは稼がなければならなくなった。おかしな仕事が舞い込んできた。

国道沿いのプレハブの作業場で、トラックや大型車が絶え間なく走り去る音の中に没しながら、頭髪はネッカチーフやタオルでしっかり覆って、マスク、ゴム手袋のいでたちで仕事をはじめる。まず空のビール瓶で土の塊を叩く。それを大型のふるいでふるい落とす。ゴム手袋を通して掌に薄荷でも含んだような涼しい泡立ちの感触が伝わってくる。その土がどんな種類の物か知らない。ふるい落とす作業が済むと片栗粉のように粒子の細かい真白な粉と、黄土色の人工粒子状の砂と、あれこれ五種類ぐらいの土を、その日用紙に指定されている割合に応じて計り、二〇キロ単位に、使い古した金盥の中に入れ、片腕を深く突き入れて万遍なく混ぜる。二〇袋作ってくれと言われた時は二〇袋、一五袋作ってくれと言われた日は一五袋、ビニール袋に詰め段ボール包装すると、その日の作業は終わり。毎回少しずつ混ぜ合わせる分量の割合が違ったり、違った種類の粉が加わったりする。それが鋳物用窯を築くのに必要な耐熱力のある土を混合する作業だと知ったのは、しばらく経ってからの事だった。

電気工事の請負をしている兄が、金繰りがつかなくなると、急場しのぎにこの仕事を引き受けてくるらしい。それを困っているモギコ夫婦に持ってきてくれたのだが、需要が少ないので秘密を守るように言われている。

機械もコンベアも社長もいないこの仕事を、二人は気に入っているが、月に多くて二度位しか回ってこないのが難点だともいえる。

ここでは昼食の時間がとりわけ楽しみだ。大きなじょうごで袋詰めするとき、巻き上がって真っ白になってしまう身体中の粉を払ってマスクをとる。

すぐ隣に国道運転手相手の食堂がある。

トラックから降りた運転手や助手たちの、汗臭い筋肉にとりかこまかれて短い列に紛れ込む。セルフサービスで、その時々の野菜のお浸し、焼き魚かてんぷら、炒めものといった中からそれぞれ選び、味噌汁は豆腐汁かあさり汁の二種類、味噌汁だけは俺が選ぶ方をとれという風に丙也がふりむく。アサリ汁を盆にのせ飯を盆にのせ、木のテーブルにつく。

「こんな仕事好きだなあ、原始人みたいで……、人間ってホントはこの位働けばいいんじゃないの？　誰にも縛られなきゃあ……」

「そうだよね。でもあのシュウシュウって手がすずしくなる土、あれ有害じゃないだろうね」

「なんだか秘密爆弾製造所みたいで面白いね。こないだ吉村に会ったとき、大あんまきの角田屋のすぐ側で粉こねしてるって言ったら、あんまきの修業かといわれたので餡つくりの修業だといってやった。奴、本気になってどの辺だ、こんど覗きにいくから教えろって言いやがって……」飯を食べ終わると茶を魔法瓶から注いで飲む。煙草をゆっくり吸って立ち上がる。


銀座での個展が済んでから千手からは絵の請求が来なくなっていた。

一枚の絵にじっくり時間をかけてくれ、お客さんはいい絵を見抜く力を持っている。これからは作家に実力があるかどうか問われる時だ、などといって月に四点持って行っても三点は持って帰らせるようになった。

「もう契約期限も時間の問題だね」

「千日画廊もだんだん契約作家が減ってきたみたいだよ。画家の方からやめたのか千日がやめさせたのか……」、
不安を片手に丙也はやれるだけはやっておかんといかんのだ、などとつぶやきながら、出てきた

ペースは崩さないでいるようだ。

予定していたように、契約解消通告書が届いた。書面には次の文がしたためられていた。


拝啓、時下ますますご健勝のこととお喜び申し上げます。

さて美術界は未曽有の低迷状態が続いており、業界としてもあらゆる努力をしておりますがますますその色合いを濃くしています。かような時に当たり、業界の展望、作家と画商の在り方を再検討いたしますに、作家と画商が契約という、一面安定保証と言う型で仕事をなされる場合、無意識の中にどうしてもアマさが出てくることは否めない事実と存じます。苦しく厳しい時代にこそ、真の名作が生まれるものと存じます。ある作家は、すでにこの点に気が付かれ、何故最近アマくなるのかを追求してみて、生活の保証こそ真の作家にとってのガンであるとさえ言明しておられます。この点については最近のすべての作家について気が付いておりましたが、ここに確信を得たものです。結論といたしましては、作家はあくまで自由な姿で制作されることこそ、真の幸せではないかと考える次第です。

従いまして現在取り交わしております契約は一応解除いたしたく存じますので、何分意をお汲み取り下さいまして、よろしく御諒承の程、お願い申し上げます。

先ずはとりあえずご通知申し上げます。敬白ずいぶん気楽な事を言ってきたものだ。他に職業を持っていては、絵に打ち込めないから、早く仕事を辞めて絵一筋にやってくれ。西口さんはすぐ私を信じて職場を辞めて下さったからいいが、圭さんなんぞはいくら僕がすすめても職場を捨てようとしないのです。などと九か月前までは、契約作家たちが、テオに全面的に依存してくることを求めていたのだった。モギコにもいった。

「奥さん、心配しないでください。芸術は生活の不安があっては心ゆくまで打ち込むことは出来ません。生活は保証します。そのうち車だってミニカではなく外車に乗り換えることだって可能なんです。来年はご主人にはパリに行って貰います」

そのときのテオは決して嘘を言っている訳ではなかった。現に外車を乗り回している契約作家もいたんだし、パリから帰ってきたばかりの画家が個展をしている会場で、充実した膨らみのある声で言ったのだ。

そのときモギコは胸の奥で「ヒッチハイク」とつぶやいた。夢見ることを禁じられてきた者は、身を守る術も心得ていたのだ。あの呪文のおかげでショックは少ない。けれどもそれはこちらの見通しの問題で、九か月前のテオの大言壮語を、そのまま見過ごしておく訳にはいかない。彼は二十世紀のアーチストディラーとして無期の契約を結んだのだ。少なくとも――相互信頼のもとにその意思を尊重し――乙は甲以外の誰にも作品の譲渡はしないと誓い合った仲なのだ。一方的に契約破棄を通告してくるなどという事が許されようか。

向こうが真の名作の誕生を願っているのなら、こちらも前途あるアーチストディラーに出来る限りの礼を尽くさなければなるまい。

今度はモギコの出番だ。マネージャーとして礼を尽くすための策を練ることにした。

美空ひばりショーにて

鏡について

銭湯にいって、くるくると脱いだ衣服を丸めて、脱衣箱に放り込み、板の扉を閉めて鍵を抜く。鍵がたついて抜けない時はそのままにしてタオルにくるんだ石鹸箱を手に湯気でかすんでいる浴場に向かう。

横向きになった裸身にふと目がとまるとき、又ぞろ、いつ止まるとも知れないこだわりが回転し始める。

銭湯は随分年期の入ったものらしく、脱衣場の板間も古いまな板のように垢がしみ込んでいる。銭湯には何故大鏡がはめ込まれているのか知らないが、あれば誰でも鏡の方を向いて立つ。

この鏡も年期を示すかのように、あちこちにこすっても落ちない霧ぶきがかかったような染みがある。そこに写っている無防備な躰を素早く点検し、もう少し尻の丸みは上向きにこりっとしてたらよかったのにとか、太腿の肉が多すぎて思わず赤面してしまうとか、それなりに自分への羞恥心や注文はあるのだが腹の色と言うのは一概に、こういう色が良いとは決める訳にはいかない。

かつて製材工場の工場長がモギコの事を「顔は黒いが腹の色は白いようだ」と太鼓判を押した事で航空機会社の臨時工に採用されたこともあった。

ずっと以前、独身の頃の話だ。

今鏡を見てきたので、変な事を思い出した。

今朝、丙也が

「オレ美空ひばりショーに行く、オレの慰安会なんだ」

と思いつめたいいかたをしたのだ。モギコは即座に賛成した。しかし、慰安会だと言いながらくつろいだ気持ちになれないのは行く先が中京一の劇場だという御幸座であり、日本一の歌手、美空ひばりのショーを観に行くのだから緊張してしまったのだ。

一体いくらかかるのだろう。それが当面の心配である。電車が駅から滑り出す頃、モギコは尋ねた。

「もし三千円の席しかなくっても観るの？」

「うん」丙也は確固たる表情で頭を振る。今度は速度を増した電車の轟音で声がかき消されるので、親指を折って見せ

「これでも？」と尋ねる。

「……うん」丙也は、しばらくためらったのち答える。次の駅を発車する頃、心配がみるみる盛り

上がってきてモギコは尋ねる。

「五千円でも？」

とうとう丙也の目が宙を舞う。初めて御幸座に向かう二人には、入場料の目安がつかないのだ。〈五千円では一寸な〉モギコもやっと空いた席を見まわした。銭勘定はほとんどモギコが受け持っているのだが、こんなときはつい丙也の裁量を待つ。丙也の慰安会がどの程度の気持ちから出たものか確かめたいのだ。本当を言えば五千円でも今日の慰安会は成し遂げたいに違いない。

花見も過ぎたばかりの春空だが、地下から出ればスモッグの街の空気さえ頬を心地よくなぶっていく。いつも工事中の板塀や、交通止めの標識がところをかえて立ち並ぶ横断歩道を越えて、モギコと丙也は足早に人々を追い越す。

一足先に窓口にたどり着いたモギコは、思わず振り返って指で輪を作りOKのサインを丙也に送った。丙也が、やっと照れた表情にほぐれた。A席二千五百円、B席千七百円、モギコが選んだのは当然B席だった。

劇場に入って驚いた。ひばりの「お祭りマンボ」が客寄せらしく鳴り響き、何度も何度も繰り返しているのだ。その続きのように幕が開き、絣の着物に赤だすき菅笠とお決まりスタイルのラインダンスが始まった。それがまた長々と続いた。ひばりさんはなかなか出てこない。せっかくの慰安会なのにはっきり言って第一部には満足できなかったのだ。不満な気持ちのままトイレに立った。

適度に空間を持つその列の後尾についたモギコは、その位置に止まった瞬間、ピリッと電流のような一種の張力が前に立つ女との空間に走った。

〈まるで折れ線グラフだ〉身動きならなくなったような自分の位置から前方に視線を動かしながらモギコはつぶやいた。どうにもこの列は物々しすぎるのだ。

いつも栄地下街とか、百貨店のトイレで味わうような、若い女とか年寄りとか子供などの背中をこすり合わせたり、腹の近くを無遠慮にすり抜けたりされながら、胡散臭いような人懐っこいような体温や臭気が人の動きと共にゆるっと動き回る中で、順番をちょろまかされて睨みつけたり、子供にすり寄ってこられたりすると、次はこの子に譲ってやらんといかんだろうかなどと迷ったり、用を済ませれば手洗い所の鏡の前で、コンパクトや口紅をもって化粧直しに余念のない若い女の横でチラッとしゃれっ気のない自分の髪を掻き上げてみたり、それらはすべてどさくさに紛れてなんとはなしに済んでしまうひとときなのだが、この御幸座のトイレットに近づいて馴染みの薄い折れ線グラフの列の一点にモギコは自動的にピシリと嵌め込まれてしまったのだ。

〈どうしたのだろう〉

後ろに近づいてきた人の気配に振り返ったモギコの視線で後ろの女にもビリっと電流が通じ、一定の間隔を置いた場所でその女も身動きできなくなってしまったかのようだ。

こうして人数の割には長い折れ線グラフのジグザグした列が御幸座の女トイレから、細く長くロビーへと続いた。

女たちは、それぞれに空間をもって止まってしまったことへの不満を露わに腕時計を見たり、ハンドバッグを持ちかえたりする、ちょっとした仕草にも敏感に尖った目を向けた。

用を済ました女は、折れ線グラフの接点に立つ一人一人に点検を受けるのを避けるように、身をこごめてそそくさと走り去る。その度に点と点が一コマずつ移動するが、決して前方へ列が縮まるような身の寄せ方をしない。

〈まだ違うところがあるなぁ〉

それは遥か列の最先端である。開け放たれたドアの中から出てくる女たちが、なじみ深い筈の手洗い所の鏡に、決して目を向けることなく、いや、目を向けてしまったからこそ、あまりにリアルな自分の姿を見据えることが出来ず、一途にドアから逃れ出てくるのだ。

並んでいる者は、モギコもその範疇に属する中年女が大方で、年寄りも割に多い。若い娘がほとんどいないのはウィークディだからか、美空ひばりも中年に達したからファンも中年層に移ってしまったことを如実に表しているのだろうか。

第一部が物足りなかったことはモギコ一人の感じだけではなく、この列の緊張度が代弁しているような気もする。

やっと順番が来て中に入ったモギコは鏡を見てギョッとした。御幸座のトイレットの鏡は、なんとリアルに人の姿を写すのだろう。くたびれきった中年女。これは本物のモギコか。〈直視しよう〉モギコは自分を叱咤したが、もはや鏡に立ち向かう勇気はなかった。

誰一人、コンパクトを取り出し脂の浮いた鼻の頭をおさえようとしない、鏡の前の異様にリアルな光線が、ぎぐしゃぐした折れ線グラフを維持し続けたのだと了解した。モギコもそそくさと用を済まし、まだ続いている折れ線グラフの横を頭を垂れて小走り逃げた。

第一部は、ひばりがなにを唱っても、お祭りマンボの、ワッショイワッショイに浸食されてしまったのだ。

りんごーのワッショイワッショイ、かーつとワッショイワッショイ、まっかにもーえたワッショイワッショイと入り込まれて慰安を阻まれてしまったのだ。ひばりからは、のっしのっしと歩き出したら、巫女の呪術がのり移ったかのように、遮二無二批判を赦さない「芸道一代」に引きずり込まれたいのだ。

その思いが、今朝、丙也と共に慰安会をもくろんだ時からずっとある。二人とも、がむしゃらに慰安されたがっているのだ。

言い直すようだが、今朝地下鉄電車に並んで掛けていたとき、丙也もモギコも変に思いつめていた。急に丙也が、美空ひばりショーに行くと言い出した時から、思いつめた気持ちはモギコにも移った。

「これはオレの慰安会なんだから」と付け足したとき
「そうだな、慰安会だな」とモギコも相槌を打った。

中京百貨店での個展

昨日まで、同じ地下鉄電車で中京百貨店へ六日間通った。

丙也の個展を百貨店の画廊でやったのだ。その六日間も今とは違った理由で思いつめていた。

三か月前の事だった。

絵を描く労働は丙也の範疇であるのに、抗議行動はモギコがわがことのように始めた。

今度こそ丁寧に暮らしていこうと決意しての再出発した人生行路の出発点で、いくらヒッチハイクとはいえ気ままに降ろされたんじゃあ、わが人生に言い訳が立たぬという仁義のようなものがある。ひたすらに話し合いを求めたのだった。

前略
十一月二十一日、突然のお申し出の手紙に接し驚いております。
去る二月六日に貴殿との間に締結しました基本契約書を、改めて検討した結果、お申し越しの件について以下返答申し上げます。

記

一、美術業界の低迷状態については首肯できます。
二、安定保証によって画が甘くなるという事は個々の問題であり、これを理由として貴殿の方から一方的に、契約を破棄する条項は見当たりません。
三、今日まで当方としてはこの契約を誠意をもって履行しており契約上当然解約を一方的に通告されるゆえんもないし、当方としてはその意思もなかったことを強調します。
四、貴殿の方から契約を解除されたいと希望するのであれば一片の書状ではなく、契約書前文に明記してあるように、相互の信頼のもとに誠意をもって話し合うことが大切であろうと存じます。
一、話し合いの条件としては、貴殿の都合によって契約を破棄したいという事でありますから、場所は名古屋で行うべきだと思います。
又当方の関係者も立ち会います。
日時はお互いのためになるべく早い方が良いと思います。
二、当方案としては、向こう六か月間生活立て直しのため、現行通りの月額を保証していただきたいと思います。
ただし、現行契約の解約、改定については話し合いの上すすめてください。

以上

日付、住所氏名捺印をして、千手行雄宛てになっている。これを内容証明にして千手に送ることを提案したのは、消費者運動などの経験を重ねている姉の関子である。
内容証明の文字は、弁護士が書いたみたいに値打ちのある字だからと言って関子の夫、了一にモギコが是非と頼んだのだった。一応の下相談は、姉が弁護士から話を聞いてくれた。当面の財政は次兄が持ってきてくれた粉混ぜの作業とモギコのパートで賄う。市場の中の雑貨店へ血縁を頼っての通勤である。

このように俯瞰してみれば、わが闘争も知恵を絞った挙句がファミリープロジェクトによって結成されたものとなった。

モギコと丙也はミニカに乗って走り始めた。まず関子の夫、了一が職場からの帰宅時間を見計らって内容証明なるものを作成して貰いに行く。片道三十分の距離である。

丙也はなんだか俺と違う事をしているみたいだと渋りながら走る。モギコにだって自信がある訳ではない。交渉事を内容証明などというもので進めていく方法がある事さえ知らなかったのだ。

「今しばらくは、これが仕事だと思ってやろうよ」

内容証明さえ自分で満足に書けない者同士という情けない気持ちだが、それでもやり始めるとすれば、これを当面の労働だと自己規定することで乗り切るしかない。

第一日目、了一の帰宅時間を外し過ぎて失敗、晩酌を過ごして二人が到着した時にはご酩酊。その事実の前に、今から働き始めるのだと意気込んでいた二人と、一日の労働を終えてきた義兄の労働時間の食い違いを認識する。文案に対する関子の意見を聞くにとどめて退散した。

第二日目、了一晩酌を控えて待っていてくれる。文案検討、モギコの文は紆余曲折に満ちていて無駄が多い、と関子に削られる。了一が要点を押さえるため箇条書きにすることを提案。

第三日目、前記のような内容証明が了一の手によって書き上げられたのを貰いに行く。

第四日目、内容証明を郵便局へ。モギコはパートを休み、二人はミニカに乗って走る。

最寄りの郵便局まで三キロ。が、丙也は局の前に来ても止まろうとしない。

「どこへ行くの?」運転席の丙也に尋ねる。

彼は名古屋でも一番大きな中央郵便局に行くという。内容証明がどんな手続きを経て三通の封書が郵便局、差出人、受取人に渡されるのか知らない。小さな郵便局で物珍しげな質問を受けるのではないかと内心不安になっていたモギコは即座に賛成する。

一通の内容証明を千手に送りつけるため、大人が二人ミニカに乗って片道一時間余りの道のりを消耗しながら走り続ける。

知識を持っている者にはほんの半またぎの溝でも、丙也とモギコにとって内容証明を自分たちの闘争の第一弾として投函するだけの事で、未知に対する好奇心と虞で胸がふさぐ。延々と片道一時間余の深くて暗い溝に変貌した道をひたすら走る。

名古屋で一番大きい郵便局につく。内容証明の窓口を見つける。やせ形で温和な顔立ちの係員に、三通の内容証明を提出する。

係員は三通の各一ページを開く。わが闘争を絶対揶揄しないか。係員の顔の神経、一瞬の変化にも目を外せない警戒心をもって覗くモギコ。係員は定規を横にして、縦書きの文を一番下の行から横に読み合わせていく。文内容に立ち入らず、しかも三通の文が一字の違いもないことを証明していく。モギコは、その見事な読み合わせの技術に目を見張る思いだった。

規則というものが個を束縛するためにのみ操作されている現状の中で、すべての規則を敵視しているモギコだが、このように配慮の行き届いた規則を活用してくれる係りがいることには感謝したいほどだ。

数日して、局から配達証明のハガキが来た。翌日、千手から返書が届いた。

十二月十二日付、貴殿の書面を頂きましたが、契約書第五条、

「画料は原則的には作品と引き換えに現金をもって支払う。但し特別によることもある」に基づき、作品と引き換えに渡すべきでありましたが、個展の関係上やむを得ず但し書きを適用し、すなわち前金の方法を取らざるを得なかった次第であります。

しかるに本筋はあくまで作品と引き換えに画料を支払うべきもので、又その作品を引き受け画廊として顧客に納める場合、その責任は一切画廊が負う事は言うまでもありません。

従いまして、作品が納得できない場合は引き受けかねますし当然画料もお支払するべきものではないのですが、七月の個展の作品も、一点たりとも出ていないのです。その後も同様ですが、個展より作品が如何に成長するかを見守ってまいりましたが、その後四か月を経過しましても逆に以前より良くないように思えますし、これ以上、現在の状態が続くようだと、お互いの将来のためにもよくないと判断し、先般の申し入れを行った次第です。なお今までの前渡金（画料）につきましては、将来良い作品が製作された際、清算していただければよろしいかと存じます。斯様

な次第でございますので何分あしからずご諒承下さいませ。
まずはご回答申し上げます。
敬白

何がご回答だ。今度はとうとう前渡金などと言い換えをしてきた。
個展の時、清算書なんか出してきて前渡金なんて言ったから前渡金だからあとから返せなんて言わないでしょうねって念を押したら、いえ、これはもういいですからなんて言ってたんだし、これからだって借金がたまるってことならいやですよ。その点はっきりして貰わないとって念を押したのよ。一点たりとも絵が売れなくなった事ぐらい知らん訳じゃないよ。見る間に売れてた方がおかしいんだからね。ゴッホは生涯一点たりとも売れなかったじゃない。別にこんな関係に縋っているつもりはないけど、このままじゃあ引き下がれないよ。興奮して吐き散らすモギコの言葉を、了一は弁護士のような値打ちのある字でまとめてくれる。

内容証明第二弾
前略、お手紙拝見しました。
当方といたしましては、一度じっくり話し合えば、必ず双方のための良い結論を見出すことが出来ると確信し、早期解決を図るため、内容証明をもって返答申し上げた次第です。
しかるに申し出に対する貴殿からの誠意は認められません。

当方は貴殿との契約、第一、第三条項を守る事と引き換えに生活の最低保障費を受けていたにすぎず前渡金なる物は頂いた覚えはありません。

これ以上無駄な言を労せず、話し合いに応ずべきです。でなければ当方は契約の一方的な破棄の不承認を法的に訴えなければなりません。

本年中に話し合いをいたしたいと存じますので速やかに日時を決めてお知らせください。

以上

翌日また、内容証明を送るためパートを休む。中央郵便局よりも二十分は早くつくはずの千種郵便局にしようかとモギコが提案する。実は他の郵便局も、あのようにプライバシーの権利を守ってくれるのか知りたい気持ちもあったのだ。

丙也はわしの事に関する書類があちこちの郵便局に分散しておかれるという事は、例えば裁判になったときにも手続きが煩雑になるおそれがあるから同じところがいいという。

又、一時間余の道のりの中央郵便局へミニカは走った。

東空重工を辞めるとき、十九年働いた代償としての退職金が十九万円だった。そのうち月賦の十三万円を支払って自分の物になったミニカだが、エンジンの音もずいぶん荒んできたようだ。

中央郵便局の窓口には、かの信頼すべき係員が規定に従って三通の字句が同文であることを証明し日付印の割り印を押し『書留内容証明郵便物として、差し出したことを証明します』という印を押してくれた。十二月二十四日、クリスマスイブの日付である。
数日後配達証明のハガキはついたが千手からの返事は来ない。
年が明けて一月十五日、ついに第三弾が発せられた。

前略
十二月二十四日付当方発の手紙に対するご返事がないので重ねて手紙を差し上げます。
一、確認事項
イ、当方は貴方に対して話し合いを昨年中にしたいと申し入れたが、本年一月十五日　現在貴方からは何の返事もない
ロ、貴方が前渡金を渡したと言っているが当方は前渡金とは認めていない旨申し入れた。それに対する返事もない。
二、申し入れ事項
イ、これまでの経過によって、現在までのところ貴方が昨年二月六日に締結した基本契約について、尊重する意思が見られないが当方の申し入れについて、誠意ある回答と実行が得られるよう督促する。さしあたり十二月、一月分の生活保障金を従来どうり請求する。
ロ、当方は基本契約について現在まで誠意をもって実行してきたし、また更改について相互の話し合いによって解決する時期まで尊重する。

但し十二月以降の生活費にあてるため「緊急避難」として二月以降当方の作品について売却することもあり得ることを事前に申し入れる。

以上

二回の内容証明を送付した経験によって、中央郵便局に二人も行かなくてもいいと判断したモギコは丙也一人で局へ行って貰うことにした。

そんな気の弛みに天は人を見離すのだろうか。その日に限って係員は休暇でもとったのか、替わりに窓口にいた男は、定規を横にあてることも知らず、縦読みに読み下して丙也をじろっと眺めやがったという。

名古屋一の郵便局でさえ、一人休めばこの体たらくである。当局の合理化方針によってプライバシーに介入しない方法があるにもかかわらず、その作業をこなすだけの人員が確保されていないようだ。小さな局ではなおさらの事だろう。

往復三時間がかりで出しに行った封書はここでもう三時間かけた意味をなくしている。ともあれわが闘いの方は「緊急避難として自分の作品を売却する」ことでこちら側が契約書の規約を破ったという既成事実をつくる前に、どうしても千手に会っておく必要があった。

電話を入れてみると専務の加納がいた。

話し合いにこちらから出向くことを伝えると、ぜひそうしてくれと言う。青二才社長なので自分のしでかした事への尻拭いもようしない。私も、もう見切りをつけたので田舎に帰ろうと思う。が契約作家の方にはご迷惑をかけたのだから、出来るだけの事はしたい。近頃千手とも連絡が取りにくくなっている。突然ぷいと外へ出たまま帰ってこないことが多い。当日までに連絡は必ず取るから来てほしいという。

加納との溝も深まっているようだ。彼らが悪質だと思っている訳ではないが今、テオの在り方が問われているのだ。

交渉には内容証明でかかわってくれた義兄にも、勤務先の休暇を取って同行して貰った。

半年前のむし暑い日、小さな貸しビルの二階で、乾拭きの行き届いた木の扉の前に立った時から、この闘いは始まっていたともいえる。

丙也の個展にもかかわらず、華やぎからは程遠いものだった。

それにしてもなんと無防備な出てきかたをしたものだ。千手の自宅が何処にあるかも知らないのだ。

今、あの時と同じ扉の前に立ってみて心もとない。小さな明かり取りからは、一筋の光も漏れていないのだ。なまじ連絡を取ったため、この扉があかなくてもどこへ訪ねる宛てもない。

寒の風がビルの吹き抜けを二階まで容赦なく吹き上げてくる。後ろの二人を振り返る。

冷たさにかじかむ手を無理に押し出すようにして扉を引いた。

「開いた」思わず確認のつぶやきが出る。

「あ、どうも遠いところご苦労さんです」

暗い画廊の奥から人影が動いて、専務の加納が、当初あったときの楽天性を自らはにかんでいるように、濃い眉尻を下げた笑みを見せて迎えた。

「千手には朝から連絡を取っているのですが、自宅には夕べから戻っていないようなのです。でもここには来るはずです。必ず来ますから……。調子のいい時にはどこまでも大風呂敷を広げておきながらこうなると身の処し方さえ知らないいんだから。僕なんかはその点、腹はすわっていますがね。ご迷惑をかけた所には自分でできる限りの誠意を尽くして話し合って始末をつけていかないと、自分たちだって先の事考えておかんといかんですからね。千手には何度も言ったんですよ。真原さんからこういってきてるんだから、一度会いに行ってじっくりこちらの事情を話してくるようにって。それを彼は真原一人にかまっておれんとか何とか言って、結局は誰ひとりの解決もつけられんのですから」

たまっていた鬱憤を吐き出すようにこれだけしゃべると加納は黙ってしまった。

「本当に千手さんくるかしら、来なければあなたとでも交渉を始めなければならないんだけど」

「一時に来るはずなんです。あ、もう過ぎてるな。でも、もう来ますよ。もちろん私にも責任がありますから話は伺いますよ。でも本当にもう、どうにもしようがないのです」

「だから、どうしようもないなら、どうしようもないと早くいってほしかったんですが」了一が身を乗り出すように言う。

「それは僕も千手に再々言ったことなんですが、まだ夢を追ってるというか、面子ばかりにこだわって現実から目をそらしているんです」

「絵が悪くなったからなんてことを理由にされちゃあ困りますよ」

モギコが切り込んだ。

「絵が悪くなったというのは本当じゃあないですか。だってお客さんが買わなくなったんですからね。お客さんの目は確かですよ」

加納は、きっと身構えるように言い返してきた。

「そんなバカな、個展の時はあんな状況でも、千手さんは絵は最初の頃よりずっと良くなったって言ってたんですから」

「それが僕たちの見る目が甘かったんです。だからこんな事になってしまったんですよ」

「絵のいい悪いはこの場で言っても始らないから」

了一が泥仕合になるに決まっているこの種の口論を、エスカレートしないよう中に入る。

一瞬、静かになった足許の方から靴音が上ってくる。扉の前で止まる。扉が開く。

暗い入口の方から、大きなキャンバスが先に、すうっと滑るように入ってくる。千手の疲れ切った躰が、そのキャンバスにつられるように入ってくる。

息をつめるようにしてみている四人の人影に気づいて、千手がギョッとしたように身を引く。

「誰ですか」抑えた声が尋ねる。

「真原さんが来て下さってるんです」

加納が立ち上がってキャンバスを受け取りに行きながら言う。

千手は黙ってロッカーのある控室へ入ってしまう。

「千手さん出てきてくださいよ。せっかく遠い所から出てきてくださってるんですから。千手さん、昨夜から何度もお宅へ電話を入れたんですが、留守だったので、私はこうして朝からお待ちしてたんです。あなたも皆さんの話し合いに応じて、一人一人の身の処し方を決めて貰わなければ、ご迷惑をかけっぱなしでは」

控室の方から、何故真原を独断で呼んだのだ、というような千手の声が漏れてくる。

「何故って言ったって、いらっしゃるというのを留め立てすることが出来ますか。こちらで何の手も打たなければ困られるのは当然でしょう。早く出てきてくださいよ」

促すように加納が画廊の明かりをつける。

四人注視する中を意を決したように千手が現れる。一分ほど伸びた髯に、幅広のネクタイが無残なほど美しい艶を帯びている。

「失礼しました。昨夜は一睡もしてないもんですから。実は今までTさん宅の門前で、この絵をもって夜どうし立っていたのです。Tさんは前にもお話している通り、この画廊の相談役です。私は急場をしのぐために、この画廊でも最も有力な志乃雄一郎の絵を持って相談に乗って頂くために伺ったのです。でも、Tさんのお宅は固く門を閉ざしたまま、どなたも出ておいでにならないのです。やっと今朝、お手伝いさんが門の所まで来られて、Tさんは胃潰瘍で入院されていると教えてくれたのです。今は伏せてあるそうですが、そのうち週刊誌などで広く伝わる事でしょう。金儲けの神様と言われるTさんさえ、今はこのような状態で病に臥せっておられるのです。私は途方に暮れて一日お見舞い申し上げたいとお願いしたのですが、聞き届けて貰えませんでした」

イントネーションの強い男はそれなりの方法で、当面の打開を試みたというのだろう。金儲けの神様であるTとは、千手の妻との血縁に当たるとかで、その後ろ盾に千手の鼻息は荒かったのだった。八十号ほどの志乃雄一郎の絵が、小さな明かりの中で一枚ベールを冠ったようなもどかしさで立てかけられている。

「千手さんも掛けてくださいよ。じっくり話し合わないと……」

反発するように加納を振り返って、それでも千手は脇のソファに腰を下ろした。

内也が震える指先で煙草に火をつけ深く一服吸いこんだ後、口火を切る。

「そのように千手さんも苦労をされている、私たちも今のままではどうしようもない。だからこれからどうしようかという事を話し合って解決しておかないといけないと思ってきたのです」

「そうですよ、このままでいたらあなた方は絵を一枚も受け取らなくなる。今まで誰にも売るな、生活は保障すると言っておきながら、一年足らずのうちに今度は急に変わって、生活保障費まで前渡金なんて言い換えてきて、芸者の衣装代じゃあるまいし、知らんまに借金がたまっていたというんじゃ、こっちはどうなるんですか」

「奥さんはそんな風に何でも悪意に取られるが、あなた方だって脱サラになるために、私どもの方針に便乗したという事だってあるじゃあありませんか」

テノールが復活してきた。ヒッチハイクを見破られていた事でひるんでいる所を、了一がすかさず切り込む。

「だから彼女はあなたにずっと責任をとれといっている訳ではない。状況が悪くなったら悪くなったように契約の前文にもあるように相互信頼のもとに話し合って、しばらく生活保障費は下げるが我慢してくれとか、その代り絵の売却は自由にして当面を打開してくれとか、話し合う余地はいくらでもある訳でしょう」

「だからそれは契約を解除すれば当然売却は自由になるのですから」

「それは一方的すぎるじゃあないですか。生活を無理やり百八十度転換させた挙句、売れなくなったから勝手にせよなんて……見通しが立たなくなったら方針を変える期間だけなんとしてでも生活保障する。それが契約者「甲」となった者の責任ではないのですか」

「そうですよ。それを絵が悪くなったとか何とか難癖をつけて、そんなことを契約解消の理由にしてもらっては困りますよ」

「でもそれは」千手と加納が同時に乗り出した。千手が代表してしゃべり始めた。

「それは最も動かしがたい事実でしょ。悪くなったから絵が売れなくなったんです。お客さんの目は確かなのです」

お客様は神様ですという歌手が出てきたようだが、千手もいよいよお客様は神様だというのか。

「あなた自身の芸術を見抜く目はどうなったのです。あなたは個展の時でも絵はうんと良くなったと……」

了一が脇から小突いてきた。名誉棄損で行くのか生活保障で行くのかと言う。

頭に血が上っているモギコには、どの辺が名誉棄損なのか、どの辺から生活保障なのか見分けがつかなくなっている。

その隙を狙って千手が切り込む。

「私がなまじ生活保障をしたから作家の皆さんの絵が悪くなったのです。だから私は作家の皆さんの苦しみの中からこそ真の芸術が生まれると言ったでしょう。こういう話は本人同士だと話がすぐ通じるんだ。どこでも奥さんが中に入ると話が混乱して、目の前の事にとらわれて話が通じなくなる。志及さんの所でもそうなんだ。奥さんが解らんこと言うもんだから……」

モギコの目が泳いだ。丙也を見ると、彼もそうだそうだというようにモギコを咎める目になっている。これだからな、と思う。夫婦が一心同体などとは、例え方便にしろ言うつもりはない。けれども今は分裂工作に乗ってはならないのだ。

丙也はおだてて絵を描かせておけばいい。その妻は適当に懐柔することで見張り番に役に立つ。そのような計算が成り立っていたので、奥さん外車も買えます。家の借金もすぐ済みますと、千手はリモコン女房を同時に雇ったのだ。その懐柔作戦で、モギコの耳は吸盤になり、お茶を運んだり、コーヒーを運んだり、見事見張り番役を引き受けてしまった。女は添え物だと言えばすぐにもそのように見てしまう、内也だって目を閉ざされているのだ。

破れ鍋に綴蓋、要領の悪い者同士かろうじて生きている中でドジを踏むのは当たり前、例え内也が咎める目で見たからと言ってたじろぐ訳にはいかない。

一分の髯を生やしていなおっている千手に、睨み直して念を押した。

「本当に内也の絵が悪くなったと言われるんですね」

「そりゃあそうですよ。だからお客が買わなくなったんですから。だけどそれはそれとして、今は真原さんのお宅の生活が乗り切れることを考えなくてはならない。就職されるなり他の収入源を得られるまでの保障はしたいのだけど、今はこの画廊に一銭たりともございません。とすればこの中の設備、例えばソファなりシャンデリアなり、差し押さえていただくより手はありませんな」

加納が、どうだそんな手が打てるかいと言ったふてぶてしさをもって会話に加わった。千手は、それも気に入らぬという風に打ち消す。

「私は出来るだけの事はしたんだ。新築祝い金、入賞祝い金、個展での宣伝費、個展案内状の印刷費、額代と百万は超えている。これ以上のことをする責任は僕にはない」

「千手さんも内也の絵が悪いから一点たりとも売れていないとおっしゃるんですか」

「そりゃあそうですよ。いくら状況が変わったからと言って、絵画ブームが起きていなかった昔か

跋・ちょっと小説の話を

磯貝治良

日方ヒロコは古い文学の友人だ。

半世紀以上前、60年安保のあとだった。ちょっと前衛的な二十歳代が集まって「現代参加」という文学の会を作った。それが自壊して「新日本文学名古屋読書会」というのができた。これは『新日本文学』は読まず、1960年代の新潮流を伝える内外の本をせっせと読んだ。70年代に入って、野間宏の『青年の環』を一年かけて読み込み、十数人のメンバーが書き合って小冊子『環』にまとめたのが、「青年の環を読む会」だった。

これらの活動で日方ヒロコと一緒した。その後の三〇年余、付き合いは空白になる。不愉快な一件があり、わたしが在日朝鮮人文学に熱中したこともあって、そうなった。

「空白」のあいだに、日方ヒロコは死刑廃止と反原発を運動の両輪にして疾走していた。わたしも文学と社会運動の二足のわらじをはいてシコシコやっていたが、二人の活動は近づきそうで、交差することはなかった。彼女も一時、新日本文学会の会員になったはずだが、記憶は薄い。

日方ヒロコから電話をもらったりして、文学老年に相応しくゆったりした付き合いが戻ってきたのは、彼女が同人誌『象』に作品を載せはじめてからだろうか。

日方ヒロコはすでにみずからの来歴をたどって自分史ふうの小説やノンフィクションを上梓している。どれも彼女が人生の一時代を懸けた、たたかいのフィクションとドキュメントである。とくに『死刑・命絶たれる刑に抗して』は、なにものかが彼女に憑依したかのような、全身記録である。日方ヒロコのことば表現にあって抜群の労作であろう。

日方ヒロコはわたしより一歳年長で、一九三六年に中国東北部チチハルで生まれた。植民者二世である。わたしの同年代には旧植民地で生まれるか幼少時に渡るかして敗戦後、過酷な引き揚げ体験をした友人知人が少なくない。小中学校の頃、児童を「諸君」と呼ぶ教員や兵舎跡を住居にする同級生がそうだった。引き揚げ途中にトラックに轢かれて半身の自由が利かないI君は、二歳年上の同級生だった。学校に来たり来なかったりして中学を卒業すると、家で栽培した野菜を乳母車で売り歩いていた。I君は短歌を作っていて、学生時代にわたしが出した同人雑誌に、自死の誘惑にあらがう切実な歌を載せた。

日方ヒロコの経験についてはおおざっぱな輪郭しか知らなかったが、文字表現/エクリチュールというのはたいしたもので、作品集『やどり木』『はぐれんぼの海』がよく伝えてくれる。彼女の小説は話し言葉/パロールの原郷みたいなモノが根っこにあって、文字ことばとの境界を自在にズラす。それで、底の方から、内の方から、「こえ」を引っ張り出すのだろう。結果、様式の帝国は飛散する。

経験を足場にする彼女の小説は、現実を思いきりデフォルメして虚構の弾力/リアリティに懸けるわたしの小説作法とはほぼ逆だが、嫌いではない(ただし文章つくりの雑なのが、読み進めづらい)。

さて『ヒッチハイク』のことだ。

日方ヒロコは、三人称ながら自身の来歴に執着してきたこれまでの作品を他者に移した。この場合の他者は共同生活者の夫だ。ただし表題作が特にそうだが、作者が作品の時空を支配していて、私小説的な作風から離脱しているわけではない。

日方ヒロコは夫金原テル也（作中では丙也）の重篤な病を受けて、生活環境を一変させた。わたしは画家テル也さんの一路邁進の仕事を知っている。彼女が活動に奔走しているあいだ、彼はキャンパスにむかう。外と内。共同生活に分界線が引かれるようなこともあったにちがいない（わたしと連れ合いにも似たことが起きて、つい勘ぐるのだが）。そうだとしたら、人生のつじつまを合わせるために、日方ヒロコが金原テル也のことを書くのは、正当だ。語る人と書く人の、すぐれて共同作業だ。

それとは別に、日方ヒロコは小説づくりの戦略を変えたのだろうか。自分史ごとに執着すると、自己愛をひきづりがちになる。〈小説〉が対象化によって成立するとしたら、他者として「アサノ」を描く戦略に踏み出したのだろうか。

そんなことを勝手に思いながら、「丙也」の幼少年期を描く「蟻の塔」に注目する。たとえば「ルーズベルト・チャーチル・蒋介石」のなかに戦時下、小学校のマラソン遠足の挿話がある。トンネルの入口に米英中3カ国首脳の顔がでっかく描かれている。それに石をぶっつけて当たったらトンネルを抜けてゴール。そんな教育をたたき込まれた少年たちが大人になり、アメリカに〝民主主義〟を教育されて戦後を生きる。植民者意識の尻尾を引きずったまま、戦後責任を取りそこなって七十年余が過ぎた。あの一場面はこんにちのこの国のよって来たる淵源を表象している、と読者わたしは連想する。たかが小説、されど小説はそんなふうに開かれる。

日方ヒロコは古い文学の友人だ。それで跋文はちょっと小説の話になった。

ら、画商の歴史はあるんだ。絵が悪くなかったら売れるに決まっている。今はもう倉庫の中にいっぱい詰まっている絵を、どう処理しようもない。燃やしてしまいたいぐらいだ」

「それだったら、その一文の値打ちもない絵を返して下さい。暮らしのめどが立つまでの収入源にしたいのです。せめて一〇枚下さい。そんなに値打ちがないのなら全部でも貰って帰りたいところだが……」

借金が随分嵩んでいることを知っている了一は、現金交渉しなくてもいいのかと心配顔だ。

加納はすぐ応ずる態勢に出た。

「そんなバカな、僕たちがここで店を構えて不況になっても頑張っているのは、僕たちの宣伝した絵がここになくてはお客様に対する信用を失うからなんですよ。もし真原さんの絵がほしいといってくる方があったらどうするんです。お客さんへの責任も考えてほしいものです」

千手はさすがお客さんの名を借りて絵への執着を示した。

「こうなったらそんなこと言っておれませんよ。早く渡してあげましょうよ」

「でも、店にある物をすぐ渡すのもなんですから、倉庫から出してすぐ送りますから」

「倉庫にあるのなら今から行って持ってきましょう。私たちも同道しますから」

「そんな事しなくとも必ず送りますから……」

「今までのいきさつから言ってあなたの言い分を信用できると思いますか。私たちは、すぐにもどうにかしなければならないのです。私たちは今日持って帰ります」

「千手さん、私は荷作りしますよ。そうしなければこの人たちも帰りませんよ」千手はもう、いたたまれないように控室に入ってしまった。

激しい感情の起伏をもろに出してくる千手へ、名残り惜しい気持ちもわいてくる。

モギコは加納が袋戸棚から降ろしてくる一枚一枚に目を奪われてしまった。

鳩と奇術師、トランプ、彼岸花、蜂、パンジー、閉じ込められていたその一枚一枚に飛んで行って接吻したいほどだ。これだけあればいい。これだけあれば再出発できる。嬉しさを押さえて荷造りを待った。

こうした手続きを踏むことが、虚構の城に群がった者たちの自分をも含めた楔への道行きでもあるのだ。

ふと気が付くと美空ひばりショー第二部は終りに近づいていていた

ひばりさんは人形になっていて、やる事だけはやっておくというように着実に演じているのだが、本当はお前たちのように、空気に気魄の伝わってこないものに見せるべき筋合いはないのだと、怒っているようにも見える。

八百屋お七の人形になりきって演じていたはずの演技をモギコはほとんど頭を通りこしていた。

熱演にいたるには、観客側との密度の高い相互交換があってこそ盛り上がるのだろう。べれんとだれていては困るじゃないのと言っているみたいなのだ。

そんな風に見えてしまうのは、いつも物事に折り目切り目をつけて行動するものに対する絶え間ないコンプレックスからだろうか。

うつろなお七の表情の奥の、ひばりさんの意地が垣間見えるのだ。

幕が下りた。モギコは出来るだけ力を込めて拍手を続けた。

「あんたの拍手おかしいよ。慰安会に来てるのに」

丙也が文句を言った。

「いいの、働いてるの！」モギコは構わず拍手を続けた。

労働への屈辱

第三部、ひばりさんはのっけから花道を、白地に若草色のレースという自作のデザインのドレスで身を包み、マイクを手に軽やかな歌声に乗って出てきた。
ふーねのらんぷーを　さびしくてぇらしぃ
しぃろいよぎりぃのながれるはーとぅば
しまのジャケツーのマドロスさーんは
「ひばりさん！　にっぽんいち！」

おじいさんの嗄れ声が飛んだ。すかさずひばりがありがとうと応える。

「そこのおじいさん『ひばりさん！　にっぽんいち！』と、声をかけてくださいました。私はねえ、実をいうと、今日の舞台は張り合いがなかったんですよ。舞台人はお客様の拍手しだいで乗せられもするし、全然やる気のしない事もある。今日のお客さんは何をやってもバラバラ、これじゃあやる気がしないですね。もっと元気よく拍手してほしい。今のおじいさんのように『ひばりさん！にっぽんいち！』なんて声がかかると張り合いが出て来るんですよね」

客席がさあっと揺れた。老女たちのしなだれた首筋が次々と起きてきた。

〈やっぱり……〉そう思ったのはモギコだけではないらしかった。

観客としての労働がついついお留守になっていたのだ。それにさっき気が付いて、人よりもながく、人よりも力を込めて拍手をしたのだが、気が付くのが遅かったのかもしれない。それで今〈やっぱり……〉と思ったのだが、ひばりさんが観客に対して媚びる人ではないと確証を得る場に居合わせたラッキーさも含んでいて、図に当たっていたという事で自分の胸の鼓動が聞こえるぐらいなのだ。

拍手をさぼっていたという事は、ひばりの労働への屈辱とも言えよう。ひばりさんに悪い悪いと思いながら、ついあまりにおかしなことばかり続いた昨今のことが気になって、たぐり出て来る糸がとりとめもなくなって……

昨年の秋、三重県の志摩半島で中学時代の同窓会があった。そのときらくやんが

「美空ひばりのいない紅白歌合戦なんてねぇ、見る気がせんぞよ」と叫んだ。

「そうや、そうや」とみんなが応じた。とはいってもモギコは年末の紅白歌合戦を見てしまった。同級生もきっと見たと思うが……。

ひばりさんが悪いわけではないのに紅白を辞退するって聞いたときは、がっかりしたものだ。だから今日は気合を入れてみなければと思っていたのに……

〈よし、気合を入れてみよう〉そう誓ったもののいつの間にか半年前の事に引き込まれていた。

突然拍手が響いた。

わたしのーあなたでーしいた
次々に出された新曲はひばりさんの私小説に迫ろうとする。でもこういったものではない、もっと力感あふれたもの。ひばりさんは過去の人じゃあない。現在進行形なのだ。居直ったかと思えば子供にかえったような邪気のない顔になる。

中京百貨店で

中京百貨店での内也の個展には、開催と同時に、順子が駆けつけていた。肩を少し丸め力を込めて歩く足つきは二〇年前そのまま、いささか太った躰に和服姿の順子が、四、五人の知人と連れ立って汗だくで会場を歩いている。

四月、花見シーズンとなれば気候も不順で空っ風が吹くかと思えば激しい降りになる。何をやるときも汗だくになって突進する順子、二人で下宿しようとまでのめり込んできたこともあった。彼女は今、丙也とモギコを惨めな気持ちにさせたくないのだ。

「この何とも言えない色彩」丙也の絵をも愛撫しかねないように見惚れている。

五〇歳に近い年恰好の、宮本武蔵のような長髪の男が紛れ込んでくる。

「この絵を描いたのは男か女か！」

人混みをねめまわすように怒声を上げる。

「お前か、お前が描いたのか、この中のどれ一つ見ても心のこもった作品はないぞ！　こんなもの描いとって一流になれると思うのか、鴨居玲を見ろ、あの人物像から漂ってくる霊気、お前はそれを感じ取ることが出来るか！　え、それは無理だろう。それが解ったらこんな絵を描いてるはずがない」

そう怒鳴られると不思議なことに今まで湯気を立てていた会場がひっそりとして、絵そのものが虚ろに見えてくる。

男を怒鳴るにまかせて、くすぶったセーターにズック履きの女が、厚い唇に煙草をくわえ、怒りべの筋書きを知り尽くしているように会場の椅子に足を組んで掛ける。

黒いまっすぐな髪を無造作に束ね、無表情に人々の視線を跳ね返す面構えは、やくざにつきものの姉御の役どころか。

丙也の伯母が不自由な足を引きずりながら、息子に抱えられるようにやってくる。

「ほんとに、これ全部、丙也一人で描いたんか、誰にも手伝って貰わず描いたんか」

もつれる舌をもどかしげに動かしながら尋ねる。あたりを見回しモギコを見つけるとまじまじと眺め
「おまえか、威張っている女と言うのは……」とまっすぐに指差す。

父母を早く失った丙也の姉弟が何くれとなく世話になった伯母なのだ。酒飲みの夫には手を焼いていたが暮らしのやりくりに長けていて、姪っ子たちの世話をも惜しまない人だった。女性の地位については、いつも斬新な意見に目を向けていたので話を聞きに行くのが楽しみだったのだが……。

二人が籍を入れるとき書類上の仲人になって貰った。快く引き受けてくれてまもなく脳卒中で倒れ半身不随の身となった。今ではモギコが丙也のつれあいであることさえ解らないようだ。

「丙ちゃんおめでとう。デパートで個展がやれるなんて偉くなった証拠だってね。昨日店に来たお客さんに話したらそう言ってたよ。丁度その人のご主人がMデパートの美術部の偉いさまらしくて、それ聞いたら嬉しくて、うちの人に頼んで店を閉めてきたの。明子と誘い合ってとんできたのよ」

賑やかにおしゃべりが止まらないのは丙也の従姉妹だ。

姉の美香子は美容師として夫婦で店を持っている。二人で幾度も美容コンクールに入賞していることを誇りにしているようだ。

彼女が小学一年生の時、戦災で丙也の家の隣に疎開してきたという。

母親に先立たれて食事は丙也の家で食べていた。ある日おじやのお替りをしたら丙也に卓袱台の下から手をつねられたとか……よくある話だ。

末っ子の春奈はいう。丙ちゃんはやさしかった。私が寂しがって泣いているとギターを弾いてくれたと……麦畑で麦の踏み方も教えてくれたとか。

「真原モギコさんと言う方おられますか。文章を書いておられる真原モギコさん。ああ、あなた、僕、詩を書いている森省吾です。あなたはどんな文章を書いておられるのですか。

この人は僕と精神病院で知り合った画家の山際くんです。僕の詩集を会場に置かしてもらえないでしょうか」

「僕、山際です。絵が良く売れているように見受けられますが、どうすれば売れるのでしょうか。僕もあなたのやった通りやって見たいので、正直に教えてくれませんか」

大男二人の真剣な問いに正直に言う難しさが立ちはだかる。

「あんた額代で新たに五十万も借金したんやてぇ。もし売れなんだらどうするつもりだったん。今度は売れたからよかったもんの、これで味しめてまたそんなことしたらいかんよ。今度は丙也が初めての個展なので、みんなが同情して買ってくれたこと忘れたらいかんよ。自分の実力だと思ったら大間違いや、今度は絶対こんな訳にはいかんのやから」

心配のもとは次から次へと湧いてくる。弟妹が小さいうちに両親を亡くして、ずっと親代わりをしてきた丙也の姉は苦労のしみついた眉間のたて皺を見せて繰り返す。

「うちの義弟が、どうしても唐辛子の絵がほしいっていうんだ。えらい苦労して家をローンで建てたばかりなので月賦にしてくれと言うんだ。何とかして貰えないか」

どの人にもこの人にも、そんなに金を出させて良いものかと、喜捨を乞うにも頭が病める。肩がこる。しかしあの日千日画廊から持ってきた絵には、ほとんど丸印がついた。

とうとう会場の絵が丙也のものになり始めたのだ。

濃密な空気を彩る曼荼羅図、かの群像のうごめく隙間を縫うように、モギコの裸身が身を横たえる。囚われの身から徐々に躰を開こうとしている。

遅い開花である。性の没入を求めてきた丙也に、やっと開くやわらかさを手に入れたのだ。ずいぶん贅を尽くした儀式だった。

丙也の姉ではないが、もう二度と人さまに甘えてはならぬ。

――あなたあなたあなたあーなたーあなたがーいるかぎりーー

ひばりの絶唱だ。フィナーレの絶唱である。

けれどこれはなんだ。この音楽のボリュウムはなんだ。この巨大な竹とんぼのようなライトの乱舞はなんだ。竹とんぼは舞台から客席へなぎ倒すような強さで廻る。

〈ひばりさーん、違うんじゃないの？　ひばりさーん〉必死に叫ぶモギコの唇をもなぎ倒し、斜め前の自分の体力の限界も無視して手拍子を打ち続けた老女をもなぎ倒し……

とうとう老女は手拍子を断念して両の手で耳を覆ってしまった。舞台の上のひばりさんは、してやったりという表情で、花束を抱えて舞台の下に近づいてきた文太刈りの兄さんに、身を屈めて耳に手をあてがい大きな声で尋ねている。

え？　どなた？　ありがとう……文太刈りと握手する。

会場も割れよと轟く音響、客席をなぎ倒す巨大な竹とんぼ！

ひばりが舞台狭しと舞い続ける中を重い緞帳が惜しげもなく降りる。

大きな息を吐くモギコに、伸びをするように立ちかけた丙也が満足げな声をかける。

「よかったなぁ……」

「うーん」

腰を抜かしたように、まだ立ち上がれないでいるところへ、丙也が念を押してくる。

「あんたの手拍子、おかしいよ、不自然だよ……」

モギコは何とも言えず鼻の頭がくすぐったくなって、ごしごしこすった。

風化譜　金原テル也（50号F）（風景の会）

黒い花のある風景　金原テル也（150号）（第71回二紀展 2017年）

あ、いちばん星だ！狐は狐　金原テル也（150号）（第68回二紀展2014年）

仮面が通る　金原テル也（150号）（傘寿記念金原テル也作品展　2013年11月26日～12月2日　中日ギャラリー）

芝植記

笑い声は喉をひいっひいっとこするようで、ひきずるようで、なにか耐え切れないような、じきに泣き声に替わりそうな危なっかしさで耳にまつわりついてくる。

マイクロバスの運転席の横で、二人の男の子を連れたその女は風景を割って走るバスの前方へは頓着なく、躰ごと運転席に向いて運転手を口説いているのだ。

「逢いたかったわぁ、いなもとくん。上の子が水疱瘡にかかってたもんだから出てこれなくて、いなちゃんどうしてるかなぁんてそればっかり、ご飯の支度も上の空、逢いたい逢いたいとばっか思うとったんよ……」

今にも抱きつかんばかりの彼女の勢いに、皮膚のしまりのない頬から首筋にかけて膿みそこなったニキビをいっぱい浮かせた稲本青年はうっとうしげな中にはにかみを見せて、ほとんど返事らしい声は聞こえない。

彼女にしてみればそんな稲本くんさえ眼中にないもののようにもみえる。

細身に引き締まった腰から足にかけた線は、質素なブラウスの下に紺のジーンズをぴったり馴染ませ、稲本くんの左足へ今にものびて行きかねない。彼のハンドルさばきも彼女のひりついた笑声に絶えず呪縛されているかのように、不安定なあおりを喰うものだから後ろの座席の連中は女たちがほとんどだが、不快気なもの、好奇心を寄せるもの、また始まったとでもいうように窓外に目をそらすものと、それぞれパートタイマーの日嵩に応じた対応ぶりで前に陣取った女の笑声が密封されたマイクロバスに揺られている。

急ブレーキが踏まれバスがバックした。

常連の老夫婦を積み忘れるところだったらしい。

「おはようさん」丸っこい爺さまの後ろから背筋のしゃんとした大柄な婆さまが菅笠姿で乗ってきた。

「婆ちゃん雨降ってきたね？」

「いや、まんだ降りそうな降らんような……」

猿投グリーンロードの有料ゲートに入ろうとしているところだ。緑深い山間の行く手は、重い空気にふさがれていて見通しも悪い。

「一日もつかねえ」

「どうやろね、このまま梅雨に入ってしもたら芝植えの時期外してしまうがね」

ゴルフ場の〈開発〉と称してこのグリーンロードからさらに山手へ入ったところの丘陵地になった山林を、ブルドーザーが荒々しく削り取った後の芝植え作業のパートに私は誘われたのだ。パートだからあまり早起きしないでいいからと思っていたのは大間違いで、いざ出るときになって、山ん中だから弁当を持ってこいとか、現場まで一時間はたっぷりかかるから九時始まりでも朝七時過ぎには家を出なければ間に合わないし、帰りは午後六時過ぎになるという厳しい条件だった。

時間給が少々高いからと出てきたもののやっぱり金もうけか死に病かというけれど、うまい話はないものだと昨日はいなかったひいひい女を見やりながら、たった一日でむくんでしまった顔を思わず両手でこすってみたりする。結婚後は間借とか借家とか、社宅であったりして、住まいが替わるたびにパートの仕事もいろいろやってきたけれど、弁当持って出るのは娘の頃に真珠養殖場に通っていた時以来だ。寝起きの悪いぼんやりとした頭としびれた両腕、寝ている内に昨日一日の芝植え作業で突っ張ってしまったふくらはぎを寝床から無理矢理はがしてきたものの、心の中ではもう、この作業に見切りをつけている。

グリーンロードを抜け田圃道に入ったところで爺さまを一人拾った。

昨日現場について解ったのだが三十代の若手を載せてきたのは、この菱原団地発のマイクロバスだけで、あとはほとんど中年の人なのだ。中には腰の曲がった婆さまも二、三人いる。現場を切り回している監督や班長達は菱原のおばさんら位粒がそろってりゃあいいんだが、と言っているとかで、話を聞いていると大抵は田舎から出てきた百姓経験のある人ばかりのようだ。私にしても恨みがましい百姓経験しかないけれど、やっぱり土仕事と言われればついつい話に乗ってしまった。足の裏に土を感じさせない仕事が、どうも偽物ばかりに付き合わされているようで外仕事につられて出てきたのだ。菱原団地は名古屋から車で一時間ほどのドーナツ型に出来ている団地だが、この町は昔から陶器の街として独自に生き延びてきた街らしく名古屋文化とは隔絶しているようでいながら、よそ者の固まった新興団地にも人見知りすることなく地場産業がどんどんはいりこんでくる。団地の女たちの内職には単純な絵付けや、たいる並べ、粘土製型後のバリ取りやらが幅を利かせている。が、いずれも賃金はドングリの背比べで、ガレージなんかを近所の気のあった人同士で共同作業所にして働く。

「一日八百円しかならんのよ」と軍手を脱ぎ捨ててやけっぱちな声を上げる。元来内職仕事などは何時間で八百円にしかならないと聞かされても返事のしようがない。子供に手がかかる間内職で我慢しているのだから、いつおしっこさせたとか、家の中を泥んこの足で暴れ回られたので思わぬ時間を取られたと一日中当人はあくせくしていても実働時間など聞かれると何時間やったと確信をもって答えることが出来ない。

絵付け仕事ではシンナーが使われるのでいつの間にか中毒になってしまう事もある。こないだも救急車が来たのは圭さんの奥さんが絵付け仕事を急かされていて、長男の入学やら運転免許を取りに行くとかで疲労が重なっていたので台所の流し台のそばで倒れていてご主人が帰るまでそのままだったげな、などという事が起きたりする。

最低賃金制度の確立がなし崩しになるのはこのような無自覚な主婦層の内職が一時しのぎのためにされているからで、主婦たちはもっと権利意識に目覚めなければならないと婦人解放運動のレポーターが、ある席上で報告していたが、それはガレージの作業所で思わずカッとなって手袋を投げ捨てる女の怒りをどのように繋ぎ止めたらよいのだろう。婦人問題と別々に問題を立ててみても解決の糸口は掴めそうにない。確かに内職に手を付けるときは子供の手が離れるまで、ほんの小遣い稼ぎだと自分に言って聞かせて始めるが、実際には家計は火の車で小遣い稼ぎなどと悠長なものではない。一日必死になって働いて八百円稼いで銀行ローンに運ぶ金といったら父ちゃんの給料から半額は有無を言わさずぱっくり食われてしまう。新興団地に住む者の宿命ともいえる。そのぱっくり食われた分を内職で稼ごうとすれば、ぎっしり百日は働かんと得られない。なんとなんとなんと理不尽なと思わずにはいられない。

しかも独身時代には賃金格差はあったとはいえ、いっぱしの給料をとった経験を持つものが多い。そうやすやすと無自覚層などという層がはっきりしているのなら事は簡単だが、そのような単線では引ききれない。階級社会での浸食しあわされている（一番未分化に夫と妻という形で）実情から照らし返せば、どうして内職族にだけその責を負うことが出来よう。

「まったく！　どうやって喰ってけばいいの？　マイホームいうても借金は三十三年間だよ！　今でさえやっとこさなのに田舎には姑が腰曲げて待ってるのよ。うちの人が長男でないからって、親見ないわけにはいかんだわ。長男の嫁さんは冷たいひとで、東京でマンション買って息子たちの進学の事もあるから、おばあちゃんにきてもらって邪魔されたら困ります、なんて知らん顔してるんだから。私かて姑なんか見たぁないよ。それでも兄嫁さんのように冷たい事ようゆわんしね……」

そういって今ガレージの隅っこに投げ捨てたばかりの芋のように転がっている軍手を拾ってタイルを並べ始める。けなげに兄嫁さんみたいなことはようせんと言ってはいるが、姑を呼んだ家庭がうまくいってると聞いたためしがない。そんな事は百も承知でも自分の親が兄嫁にいじめられているることを思うとカッカと来て「あの兄嫁さんよか私の方が姑にやさしくできるさ」と不安な気持ちをねじ伏せながらなるべくその日が来るのが遠からんことを念じつつ内職に励んでいる。

マイクロバスはグリーンロードを出て、爺さまをのせる間、しばらくやんでいた女の笑い声が一段とオクターブを上げる。

「ねえいなちゃん、どうしたもんやろ。家にいたらもう淋しくて淋しくて気がくしゃくしゃして、いてもたってもいられんのよ。稲本くんどうしてるやろ、私が目え離したのいいことにして、どっかの女の子ひっかけとらんやろか、そんな事ばっか思うてもうイライラして……」

ひいひいとした肝高さはもう譫言のようで後ろで揺られている女たちの事などまったく念頭にも上らないといった様子だ。

とうとうたまりかねたように一人の女がぶつくさ言いだした。

「安井さんたらもういい加減にしやいいのに……うちのとなりなんやけど、旦那さんがほとんど帰ってきやせんもんだでヒス起こしとるんやわ。麻雀だのゴルフだの言うて、会社での付き合いが激しくてたまに帰ってきても午前さま、近所ではやり手だと評判なんけど、スポーツカー乗り回して派手にやってるんやに……。あの人がパートに出るのやて男の面子に関わるいうて旦那さんは大反対で、たまに帰ってきて奥さんがおらんと猛ってからに大騒ぎになるんだに……。殴るの蹴るのと大騒ぎの挙句、もう一歩も出ることならん、子供二人ぐらいお前に稼いでもらわんでも男一匹俺が食わせる。お前がじたばた稼ぎに出たって何の足しになる。みっともないだけだ。言うて奥さんはあの声でひいひい泣き叫んで……聞いてる方がおそがなってしまうに……」

くっきりと黒いアイラインを几帳面に引いて丸っぽい頬をした斜め横の女によって、例の声の主は安井さんだと解った。安井さんの息子二人は母親のそんな声音が泣くときにしろへばりつくときにしろ慣れきっているのか、一人一人水色の水筒を肩にかけて、前方のウインドに落書きをしてみたり足許にしゃがみ込んだりしていて母親の言動にはあまり反応を示さない。

アイラインの女から批判めいた話を聞いて後ろの女たちも互いに話題がほぐれてきた。彼女が高谷さんであり昨日から「私は女学校出で、こんな仕事は生まれて初めてなんだけど」と盛んに連発するのが津田さんと少しずつ名前と顔を照らし合わせているうちに現場事務所についた。

五坪のプレハブに若い衆の寝床も片隅に在って雑然とした現場事務所を田圃の中に持ってきただけという風に立っている。そこでは牧野さんという肩幅のしっかりした中年の女が出勤簿をチェックしている。この人がマイクロバスに乗せてきた七人の子供を預かる。

子別れのひとときで執拗に泣き叫ぶ子、むっつりした顔で何時までも見送っている子、すぐにもいたずらを始める子たちを置いて切り開いたばかりの泥んこ山道へ、二キロほど揺られる。現場に降り立った途端雨が降り出した。

携帯用のレインコートを着ていると、女学校出がついてきて、そんないいもの着て勿体ないですねという。さっきまでブラウスとスラックスだった女たちもベテランらしい者は絣もようのはいったカッパの上下を着用している。ひどく降るだろうかと心配しながらネッカチーフで頭を包んでいると、さっき途中で乗り込んできた婆さまが菅笠を差し出した。

「かぶったことないかも知れんけど使やぁせんね」

「ばあちゃんは？」

「私はカッパに帽子がついとるで……」

「ありがと、そんなら貸して」

あらめ（海藻）干しの時、煮干したきのときなどなじみ深い菅笠だ。自慢じゃないが菅笠かぶってゴムの前掛けに長靴姿で菅笠の先っちょから、真っ逆さまにずぶずぶと海の底に沈んだ経験があるなんてことは、私のような無器用者のほかあまりいないんじゃないかなどと変に誇らしげな回想に一瞬浸ったりした。

真珠養殖場で竹いかだの間にべか（船首のない船）で貝掃除をしていたときのことだ。今は菅笠も被ったことのない顔をしているのかと環境にならされてしまっているわが身に憮然として顎紐を結んでいると
「よう似合うが……」と婆さまに褒められる。

先についた者からもう芝植えが始まっている。箕に化学肥料を入れてきてまく者、その上に砂を同じ要領でまく者、レンガ型に切りそろえた芝束を運んでくる者、芝束を解いて田植えの格好で並べていく者とそれぞれに動き回っているが、さすが団地族なので、田舎でボイたくられたような激しい働き方はしないが久しぶりに腰を使う外仕事なので、昨日持ちこたえた分だけ太腿が張って、朝からすぐにもへたり込んでしまいそうだ。

昨日はいなかったが当の安井さんも稲本君を恋しがるほどのベテランだけに、仕事が始まれば細

身に引き締まった躰を敏捷に動かし箕で肥料をまいたと思えば芝束をせっせと運び無駄なく敷きそろえていく。水を得た魚のよう寡黙に働いている。雨は降りそうで降らないものだから、レインコートの中はたちまちむせ返り、躰じゅうがぼてっとして足裏に磁石でもつけられたような私から見れば、彼女の躍動的な腰つきは羨ましいばかりだ。

流れ流れてどこの職場でも新米暮らしを甘んじてきた習性からか、見習ってする事には慣れている。なるべく目立たない所で人さまに紛れてやってきたのだが、婆さまたちは現役だけに安井さんほどの躍動感はないけれど、自分のペースを少しも崩さずねっちりと土と取り組んでいて、なかなか私なんぞ紛れ込めたものではない。

「奥さん、一度ハイキングでも行くつもりで来て下さらんか。どうしても梅雨に入る前に仕上げたいんだが人手がなくて困っとるんでね。一日でも二日でもいいんで、山ん中は空気もいいし自然の中の仕事だで気分も晴れますに……」

近所の造園職人としては腕もいいと定評を持つ泉さんに、丁重に声を掛けられて、ちょうど次の仕事のつなぎ目に躰もあいていたし、今月のやりくりに少しばかり穴が開きそうだと心配していた矢先だったので、持ち前の好奇心も手伝って出かけてきてしまった。四十年間思い知らされていながらついうっかりのってしまった芝植え作業だが躰が効かなくなればそれだけ文句心がわいてくる。

自然だの開発だのというたって、結局は何百年来の雑木林をブルドーザーで押し倒し一部の者の遊び場になるだけだ。

ゴルフは自分との闘いだとか、スポーツの中でも紳士的だとか、そんなこととこっちの知ったことではない。こんなことは自然じゃないよ、自然から疑似自然に塗り替えるだけじゃあないか。

安井さんは五、六年前まで九州の田舎で百姓仕事をやっていたという。何のきっかけで出てきたのか、新興団地に閉じ込められて躰は健康なのに重症うつ病に取りつかれたらしい。新興団地にこの病はつきものだ。人間はうじょうじょしているのに、近所との隔絶が人々をノイローゼに追い込む。

職場を持つ男たちの気づかぬうちに、人間本来の持つ機能まで閉ざされ歪曲されてしまっていく。狭い職場で培われた男の名誉心や虚栄心が伴侶を唯一の使用人と錯覚することで閉じ込めてしまう。妻たちの独房時間帯を想像する暇もないほどに男たちは職場に身をささげる。ゴルフを仕事の付き合いという。安井さんの夫婦だって骨格を組み立ててみれば現代のパロデイだ。

母ちゃんは父ちゃんに叱られつつゴルフ場をつくりに来て、疑似自然療法でヒステリーを癒そうとし、父ちゃんは母ちゃんを叱りつつ母ちゃんの作ったゴルフ場で上役のご機嫌をとる。

なんということだ。

それにしても私の腰は充分にへたってしまって、もうすっかり蟇形だ。

笛が鳴って現場監督が近づいてきた。

「団地のおばはんたら、すまんがのう、稲本君に連れてってもろうて、一つ手直しせんならんとこがあるで行ってくれんかや?」

蟇形も限界に来ていたのでほっとして稲本君についていく。

「ここは松本組の引き受けたとこだでよう。やり方もちったあ違うみたいやね。勾配はなめらかやけど芝の色が悪いような感じやね」

ベテランの話で、なるほど一つのゴルフ場をつくるにもいくつかの土木下請組が入っているんだという事が解る。

小高い所を上り詰めると、すこっと小運動場ぐらいの広さに視野が広がる。そこは芝植えが終わった所なのにあちこち黒々と芝がひっくり返っているのだ。

「まあ、これどういうこと?」

すっとんきょうな声を上げたのは安井さんの隣人高谷さんである。

「からすや、からすのいたずらや」

からすが植えたばかりの芝の裏に、みみずがいることを知っていてひっくり返して漁るのだそうだ。すごい脚力だと驚いてしまう。これこそ権兵衛が種まきゃからすがほじくるだねなどと冗談を交わしながら直し仕事にかかる。稲本君が言ってしまったので、この時とばかり「うんとゆっくりやろうや」という提案が誰の口からか滑り出る。稲本君との同行でぶり返しかけた安井さんの笑い声は、女だけになるとぴったり止まり彼女だけは作業の手を緩めたりしない。

疲れを知らぬその腰つきに、アイラインの高谷さんは憎しみが湧いてきたようだ。

彼女は隣人の家庭にまつわるすっぱ抜きにうん蓄を傾け始める。わりに広い場所の黒々とひっくり返っていた手直し箇所も、そこはからすの仕業、直してみればすぐ終わってしまう。それぞれの場所で腰をかがめながら、安井さんの仕事ぶりを眼で追いつつ高谷さんのすっぱ抜きに耳を立てている。けれども今日のさぼりは少し難しい。昨夜ひとしきり降った雨で土が濡れているところへ、今日も降ったりやんだりのはっきりしない雨模様、どしっと腰を据えるところがないのだ。踵を立ててしゃがんでいるので休んだ気がしないし風が吹いてくれれば動いていないと冷えてくる。けれど勇気ある一人の提案で暗黙のサボタージュに入っているのだから協定を破る訳にはいかない。と、頑張っていると女学校での津田さんが近づいてきた。

「あんまりさぼっているとなんですから、ぼつぼつ向こうに参りましょうか」という。

彼女は事情を打ち明け顔で夫が菱原団地の方の人集めの責任者なので、あまりサボっていては申し訳ないこと、それでも私は女学校を出てから力仕事なんぞやったことがないので休憩できてよかったこと、それに外の仕事は空気もおいしいし、すがすがしくてよろしいですねと、自分の立場を丁寧に話す。それではまあ行きましょうか、と応えてゆっくり立ち上がる。

さっきとは場所を変えた作業現場につくとじきに一斗缶がバンバンとならされて昼休みになった。小便をそこいらの雑木林にできるものは現場に残っててもいいし、トイレがなくちゃあできんもんは現場事務所にマイクロバスで帰るのだという。

その説明に今まで寡黙に働いていた安井さんが思わず触発されたらしい。ヒイイという声が再開した。

「私が昼休みにわらびを取りに山んなかに入っていったら婆さまがこっち向きに小便していて、もう丸見えで…」と後は泣いているのか笑っているのか今度はこだまが遠慮なく跳ねかえって自然の中彼女の笑声があちこちに飛び回る。はずみのついた安井さんは、子供たちに弁当を食べさせに行くマイクロバスの中でも、始めからオクターブが上がっている。

「いなちゃん稲本くん、今晩デートしない？　ほら、さっき木の橋わたる手前のまき小屋みたいのあったろう？　あの中で待ってるでね。あそこならだぁれもこやせんに……」稲本くんはただでさえ運転しにくい道を降りかけてはやむ小雨に禍されて、ウインカーの交差する前方を注視しながら大揺れにバスを運転している。

「安井さん、あんまり稲本くんをいじめんときゃあ」ベテランの一人が口をはさむ。安井さんは一層刺激を受けたかのようにすかさずからむ。

「いじめとりゃあせんよ、ねえ稲本くん。かわいがったるんだもんね、銭とる訳でもなし、いいやろ今晩来てね。まき小屋だよ、待ちぼうけ食わさないでね」あとはひいっひいっと異常に続く笑声に皆は毒気を抜かれたような顔を見合うばかりだ。

バスを降りるなり畦道に突っ立っている水道の蛇口に並んで手を洗う。プレハブで待っていた子供たちは飛び出すことを禁じられて、六畳の板の間からやっと背伸びして届くガラス戸に、おでこをくっつけるようにしている。一人一人飛びついてくる子らの手は菓子屑とよだれでぐしゃついている。それらを手際よく拭いてやり、板の間の菓子屑を掃き出して昼の弁当になる。二人の男の子に弁当を食べさせ、いなかった間の状態を訪ね自分もせっせと弁当を口に運んでいる安井さんの横で、私も弁当を開いたが、先ほどから下腹の痛みに食欲が出ない。またあれになるんかなと思う。立ち仕事になると必ず出る慢性膀胱炎だ。いつも医者に注意されているのだが、うち仕事の時は幾重にも腰のあたりに着重ねて防備しているが、外に出るときはつい忘れてしまう。

無心なほどに二人の子に食べさせ自分の口にも運んでいる安井さんの箸を持つ右手が、ある時婆さまの屈み腰へまっすぐに向けられ、ひいひいと声を上げ「まる見えだった」と笑った笑われる側に立っているのは私だ。さっきバスから降りてトイレに入ったとき、もうやられているらしいと気が付いたのだった。

半日の量にしては小便の出がわるいし残尿感があったからだ。やりきれないと思っても、ああいう風にはなるまいと誓おうが、そんなことでとりつくろえるなら今までだって笑われることはなかっただろう。

老い先も老い姿もまる見えなのが私だ。

今朝まで帰ってこなかった夫への不信感やら不安感を押し殺して朝食を済ませ、幼い二人の子の弁当と自分の分をつくる間に、待っていた筈の夫が、いつの間にかこの身支度を見つかるのが怖くなる。自分が出かけてしまうまで帰って来ぬことを願ってしまう。そんなスリリングな一刻につくられた三つの弁当を、子らに食べさせ自分の口にも運ぶことで何かが癒されているのだろうか。彼女の心のもっと奥の彼女自身も気づかぬところで、引き裂かれたものが衝き動かしているにしてはあまりにもつましい。

午後の仕事が始まった。

新しい画割りの場所を、ブルドーザーが均していく。その後を縄で適当に区切っていく。縄の区切りによって斜面に応じた芝の置き方を、誰が指示するということなく決めていくための目安にするらしい。仕事に入れば安井さんの仕事ぶりの後について、こっちはもう蟇蛙の雨蛙のと自嘲している余裕もあったものではない。蟇蛙に甘んじて午後の時間を耐えるだけだ。幸い田舎では半端人足と笑われたそのような格好も、ここではアイラインさん、女学校出さんと仲間がいるので内心心強い。

それにしても、このゴルフ場が出来たらキャディには誰が来るのだろう。田舎にいた頃隣村の白浜にゴルフ場が出来て、キャディという仕事があることを知った。二〇年も前の話だ。当時キャディという外国語で呼ばれるこの仕事をハイカラに思えたものだ。

やはりこれも丈夫な人にしか勤まらない仕事で、堤防工事の土方に行くか、キャディになるか、真珠養殖場に貝掃除に行くか、球入れの修業をするのか、海女になるのかと娘たちはそれぞれ話題にしたものだった。しかしゴルフをしに行こうといったものは男女ともに誰ひとりいなかった。

多分このゴルフ場では、大学生のアルバイトあたりでやりくりするのだろうが、常連にはきっと二〇年前娘だった私ぐらいの年の者で占められるのだろう。

百姓仕事は化学肥料でそそくさと片付け、子らを大学生にするため現金収入源のキャディとして百姓で鍛えた足腰で中年女たちは二重の労働を自分に強いる。婆さまたちは運が良ければ場内整備係とかで、コカコーラの空き缶や紙くずを拾う仕事を授かるという寸法だ。キャディの主流アルバイト生たちは、気に入らなければさよならの準繰りで、アルバイト人口が多いだけに結構維持していけるだろう。とすればここでも労働条件保障獲得の気運が生み出される。学生たちは一流大学に入れず浪人して、アルバイトで親たちの生活圏を脅かし、やっと卒業すれば営業マンしか就職口はない。親たちの生活の中にローン販売という消費を強いる資本の側の尖兵となる。いつまでも肉体労働はパスのし続け、させられ続け、親たちは働きづめ、婆さまになっても働きづめ。

血のつながり縁のつながり、夫と妻のつながりが、今より少しましな暮らしを求めて、いつの間にか三つ巴四つ巴に互いに肉親を喰らいあい、喰わされあっているこの図式を縦に切ってみれば操られている手許まで見えるのか。そうこうしている内にさまざまな「開発」事業によってブルドーザーは目の前の木々をなぎ倒し、梅雨に入る前にという自然条件にのみ動かされて、自然をあたふたと壊していく。

雲行きは一向定まらず、少し風も吹いてきて五月末だというのに雨を含んだ風が躰を冷やす。

雲行きが悪いのは空ばかりではないようで、どうもさっきから女学校出さんが、あの胸のはだかった婆さまの所へ行っては何事かを交渉し、決裂に至っては面にいっぱい不満の表情を漲らせて戻ってくる。誰彼を捕まえては自分が提案したことに対する正当性らしきことと、にもかかわらず婆さまが自分の提案を一顧だにせず無視し続ける事に怒っているもののようだ。その意見を聞かされたものは、それぞれに当惑した表情を浮かべ、しばらく手を止めて婆さまを眺めやり苦笑いして又仕事を始める。彼女はますますいきりたち、班長のおっさんの所へ話を持っていった。彼女がついつい興奮してしまった声高なおしゃべりで、大体の話の筋道が解った。

「あのですね、芝の束を藁で束ねているのはいいんですがね、ビニールのひもで括ってのは、かた結びしていると取れないんですわ。それでね、手は痛くなるし能率は上がらないしするからね、あのおばあちゃんが剃刀を持っているから、おばあちゃんが束の切りばんしてください、そしたら私たちが並べますからって頼んだんですのに知らん顔してるんですの。私は丁重に頼んだんですよ。私は仕事が遅れるといけないと思いましてね、そう申すんですが返事をなさらないでね、自分だけ束を切って自分さえよければいいのかしら……」

話をもってこられた班長のおっさんは、団地のおばはんは大事にしとかんと後が困るし、婆さまに彼女の提案を押し付けるには重労働になるのが目に見えているので言い難しという表情である。

反応的に婆さまの方を振り向いた私は一瞬たじろいでしまった。はだかった婆さまの胸のあたりからひもでつるされた片刃剃刀がぶら下がっているのだ。いうなれば抜身の刃である。彼女はあの剃刀を胸からぶら下げる用意を夕べのうちにしたのだろうか、今朝がた出がけにやったのだろうか。爺さまはいるのだろうか。婆さま一人なのだろうか。いずれ廃屋に近い一軒家の中で一人刃物を胸からぶら下げる婆さまの、薄暗い電灯の下の姿が浮かぶ。

息子の野郎め！いつまでも迎えにきやがらんと、女学校出のかかあにどきん玉抜かれやがって、そのうち家建てる目途が立ったら迎えにくるくる抜かしやがって、そんなもん信用できるはずがない。たまにまめにやってるかいな思うて覗きに行くと、母さん汚い恰好でこないでください、うちの人も今が大事な時なんですから、会社の人に見られたら碌なこと言われませんから、なんて抜かしやがってーなどとひとしきり思い、仏さんに線香あげて固くなったそなえのご飯を下げてくる。

そんな光景の中に割いるようにあの大道芸が繰り広げられる。

場所は出来たばかりの地下鉄の終着駅。地下鉄と言っても町はずれのため終着駅から三区間は地上を走っている。そのプラットホームは高架線の上なので改札口も六・七段上がった高い所にある。

そこで突然大声が聞こえたのだ。

「じゃあじいさん、しばらくの！　そのうちの！」

振り返ると改札口で中年の夫婦が、爺さまから逃れようとでもするように、改札口に躰を向けたまま、後ろで泣いている小柄な爺さまに声をかけている。爺さまは耳が遠いので大声を出しているらしい。高架線下のコンクリート脚下柱を利用した改札口はそこばかりが明るく、あたりは夜の帳に包まれているのでコンクリート壁に反響して声音も効果的だ。

夫婦は葬式の帰りらしく嵩張った白い包みをもって、黒っぽい服を着ているが決して裕福とは見えないなりをしている。

「そいじゃあ父さん、ほんとにくれぐれも気いつけてね。病気せんでね」中年妻の父親であるらしい。「今はの、どうにもならんのや、それでもの、くれぐれも言うとくが家に来ても絶対に贅沢は出来んでの」中年夫は大声で繰り返す。爺さまは声も上げずに泣いている。妻の母親が死に父親を一人置いて帰るところなのだろう。私は今下りたばかりの階段を見あげ、はっきり観客になることにした。こ狭い舞台だが改札口と出札口に一人ずつの係員、三人の登場人物、簡潔な舞台だ。しかしセリフは変わらない。

「ほんとにね、父さん、風邪ひかんようにね、病気せんようにね、躰に気いつけてね」妻は涙をふくばかりである。

「爺さん恨んでくれるなや、ほんとにの、今はどうにもならんでの、うちに来てもの、くれぐれも言うとくが贅沢は出来んでの、いいもの喰おうとかいいもの着ようとか思うてもろては困るでの」

いかにも困って一刻も早く改札口に飛び込んで階段を駆け上がりたいのである。

妻も父親に、そのうち一緒に住もうとは言わぬ。夫も義父に贅沢はさせられないと念を押すが、迎えに来る約束は一言も吐かぬ。

爺さまも今はこぎれいな作業着姿でいるが

「いやあ、俺一人何とでもやって見せる」などと大見得は切らぬ。

どちらからも義侠心の一片も入り込む余地のない迫真の舞台だ。

大道芸は復活した。完璧だ。俗物と侮蔑されるに充分な個性だ。

ざまあみろ！　完璧！　完璧！　類型、定型、鋳型に切断されたところからあふれ出ようとする排泄物！　生の証だ。

ざまあみろ！　と誰に向かって吐いたのか、吐くべきなのか解りゃあしないが、そんな事を呟きながら最終バスに乗ったのもつい最近の事だ。パターンはどこも同じだ。あちこちで破れ始めているだけだ。

芝植えのくたびれが女学校出は女学校出の形で現れたのだろう。とうとう彼女は私の所にも来た。

「私はね、何もよろしいんですのよ。仕事が遅れても良ければね。でも梅雨は迫っているのですし、こうすれば仕事が捗ることが解っているのにどうして協力して貰えないのでしょうかね。お年寄りの方はどうしても頑ななところがあって、何にもおっしゃらないので何を考えているのか分からないので困りますわ。私のいう事そんなに間違っていますか？　能率を上げることをみんなで考えなければいけないんじゃございません？」

さっきから執拗さを見せられているので私はぼそぼそと答えた。

「目の前の能率よりもですね、長続きすることの方が、能率が上がるってこともですね、あると思うんだけど…。刃物はですね、明日用意してきて……」

あなたも刃物を腰ひもにぶら下げてこい！　と言いたいところだが、明日はもう来ぬことに決めているので私の言葉もきっぱりいかない。

あたりが少し静かになった。

「休憩しようか」現場監督が一斗缶をバンバンと鳴らした。突然、安井さんの笑声がぶり返した。稲本くんが側にいない時は婆さまのまる見えの方だ。ひいっひいっと空気を引き裂いては丸見えだったと繰り返す。その間もじっとしていないで、まだブルドーザーが剥ぎ取っていない痩せた雑草の中を、わらび取りに捜しまわる。わらびも腐葉土をもっこり持ち上げて首をもたげていると気持ちがいいが、粘土質の地から細く孤独に立っているのは痛々しい。これじゃあ固い皮ばかりしゃぶらされそうで採る気にもなれないが、彼女は骨身を惜しまない。

休憩後小糠雨が根気よく降り出した。

ブルドーザーの均し仕事が遅れ気味で芝植え作業が途切れがちになると、仕事にぼわれつけている私は、手順の悪さが返って優しさに思えたりする。

とうとう親方は、今日の仕事を断念して三〇分早く切り上げた。仕事中には気付かなかったがマイクロバスの地点まで植え終えたところを歩いて帰る途中、濡れた粘土に足を取られて尻もちをつく者が続出した。帰りだからお尻に粘土のハンコを押したようだと笑っているが、こういうところはゴルフのスロープとしてどうなんだろうといらぬ心配をする。

帰途はこらえ切れぬといったようなどしゃ降りとなった。子供たちもバスの天井や窓を打つ雨音に圧倒されて静かである。安井さんは稲本くんの脇で最後の追い込みをかけているが、それも雨音に消されて朝ほどの切迫感はなく疲れた体には余興のようにさえ聞こえる。安井さんの隣人、アイラインさんにとっては、やはり許しがたい振る舞いに見えるのであろうか、彼女の笑声が高まる度にぶつくさと批判の声をさしはさむ。女学校出さんは、私の前の席でぐったりしているが、夫が菱原団地の人集めの責任者なので、私が脱落しかけていることに気づいてときどき振り返っては「明日はどうやって集合場所まで来ますの?」とか「今日はお天気が悪くてなんでしたけど、外仕事はやはり気分がよろしいですね」とか言って私の気分を引き立てようとする。私の住んでいるところは団地を出外れた所で、ごみ焼却場と火葬場の中あたりに立っているので、集合場所までたどり着くのも面倒なところだという事を彼女は知っているのだ。

「ええ、まあ明日は……」しどろもどろで、下腹と相談しなければならないような、尿道のあたりに杭が一本立っているような、その説明も省いてしまう。そんな事はいくら詳しく説明したって気分の持ちよう一つですよ、と一蹴されるだけの話題だから丁寧に話すのもあほらしい。外仕事が気分がいいことに異存はないし、いくらかこの仕事に未練は残っているのだが……

二日分で六千円、来月との繋ぎに何とか役立ちそうだ。切れそうで切れぬ兵糧分だけ稼いだ。二日でぶり返す持病の分まで、パートの雇用者は引き受けてはくれぬ。ぐっしょり濡れた菅笠は老夫婦の婆さまに返した。

窓外をほとんど直線に篠突く雨は、猿投の谷合の木々を激しく洗い落とし暮色の山を背景に雨滴を燻らせる。竹の群林が柔らかく眼下に揺れ、その奥で杉木立が緑から深く黒へ転化する。山を洗う雨は文句なしに好きだ。遠かった稲光がすぐ近くで炸裂しはじめた。

安井さんも静かになった。グリーンロードを出たところで老夫婦が降りた。

「気いつけていきゃあよ。懐中電灯もっとるか？」

「ああ、持っとる持っとる、お疲れさん」

二人の姿はすぐカーブに遮られた。ドーナツ地帯を少し出外れたあたりに老人たちが点在する。

「ぼちぼち支度せんと」

寝ている子供たちは起こされてビニールのカッパを着せられる。水筒、弁当箱などを入れたナップサックを背負い、どうやら目が覚めた頃、団地の入り口にさしかかる。不自然なカーブにいくつも区切られた団地内をあちこち曲がったとき
「安井さん、ご主人の車があるに！」

アイラインさんが脅すように言う。その瞬間、ぐっと揺らいだ安井さんは怯えたように窓から闇を透かす。手早く二人の子供に身支度をさせる。バスが止まる。

「よう降っとるねえ…」

出そびれる女たちをかき分けて安井さんがバスの段を下りる。二人の子を両脇に抱えてキッと前方を見据えた彼女は、ネッカチーフの頭から突っ込むように舗道を走った。彼女を狙うかのように稲妻が激しく地を叩いた。

女たちは息をのんで見送り次々と走り出た。

花冷え・氷雨連弾

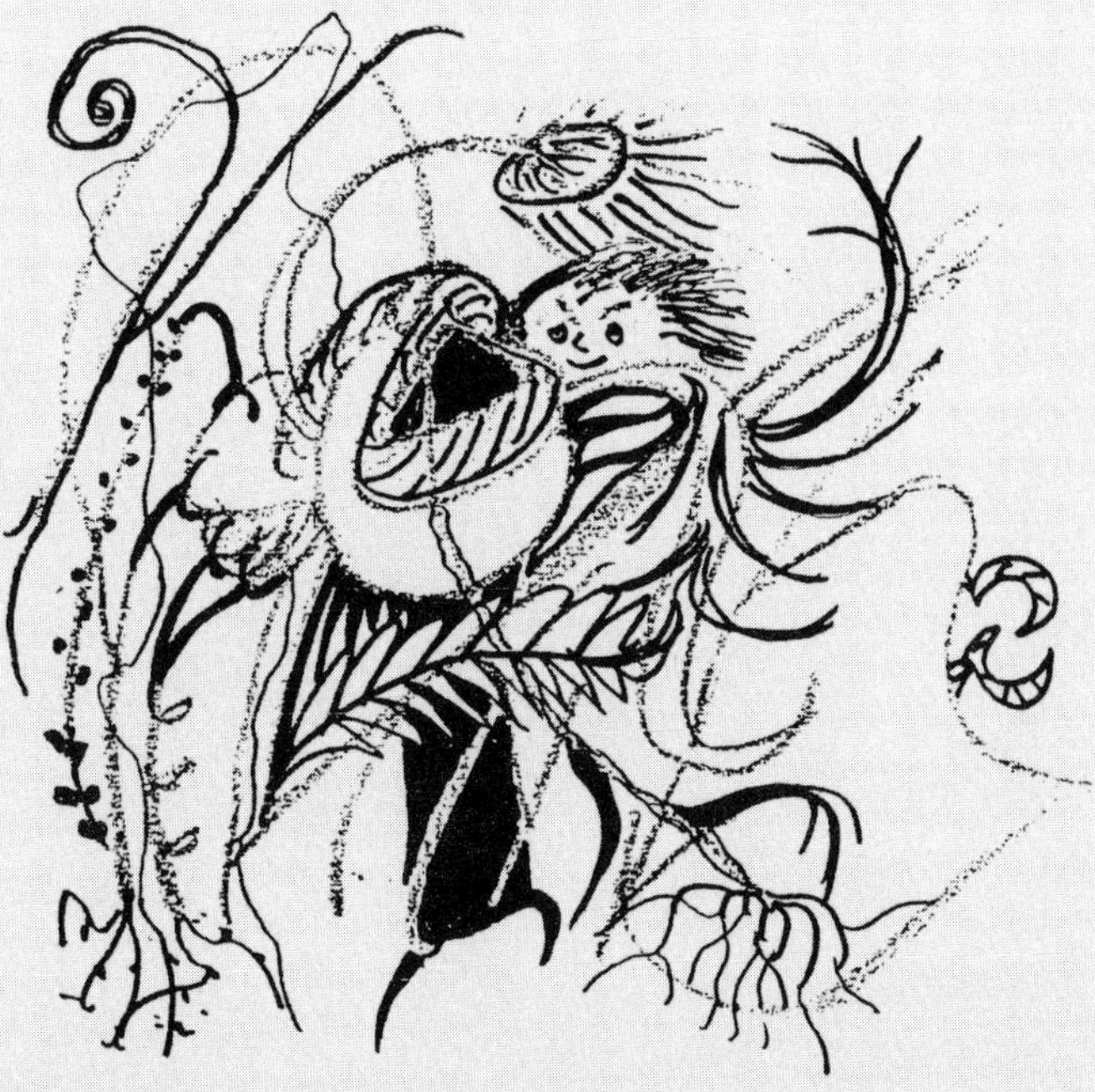

花束

雨雲がせわしげに形を変えていく。花冷えという言葉がふさわしい四月の昼下がりだった。名古屋駅西口には、シスター瀬田と入江頼子が緊張した面持ちで立っていた。近寄った私に頼子は構内の小さな花屋を指してしっかりした口調で言った。

「もうあのお店で花束の用意はしてるの。電車に乗る前に貰ってこようと思って……」

「井沢先生は？」

弁護士の井沢と四人での待ち合わせは午後一時という事だった。間もなく井沢も姿を現した。

被害者宅は小牧空港の北側に引っ越して間もないという。

死刑囚瀬田紀久治（旧姓三杉）との交流を続けていた頼子が、今年の年賀状に初めて被害者の母から返信を得ていた。

「もし、これからもお便り下さるようでしたら、住所が変わりましたのでお知らせします」といった簡単なものだった。頼子は迷った末電話を入れた。

「仏さまにお参りさせていただきたいのですが……」先方の声は思いがけないほど、和んだ返事だった。

「いいよ。狭い所だけどね。私も夫の看病で躰こわしてるんであまり長いこと付き合うわけにはいかんが、よかったら来て頂戴……」頼子は受話器を持ったまま涙声になった。

成人式をまじかに控えた青年が就職のため来名した翌年に殺された。

水難事故に見せかけ保険金をだまし取ろうとして鉄工所の社長が企てたものだが、自殺と認定されたことで保険金はおりなかった。この青年の死が殺人事件であると発覚するまで四年間を要した。一審の証言台に立った時、母親は被告人に対してきっぱり「死刑にして下さい」と叫んだという。おそらく心の奥からしぼり出た声であったろう。その母から一七年の歳月を経たとはいえ、こんな優しい声が返ってくるとは予想していなかった。事情を知り過ぎている頼子はよい返事を期待してはならないと自制していたのだった。

「ありがとうございます……養母と相談して伺わせていただきます」養母というのはシスター瀬田の事だ。カトリックの通信誌に紀久治の手記が掲載されたことをきっかけに頼子は紀久治と文通を始めた。時を待たず面会にもいくようになった。人懐っこい陽気な一面を持つ彼の饒舌に不良信徒と自称する頼子は、ポンポンと打ち返すだけの芯の強さを持っていた。私は入江頼子から被害者の母のもとに同行してほしいと電話を貰った時すぐに承諾はしたものの、そんな大切な場に私が立ち会う事で、やっと細い道がつながろうとしている所をぶち壊しにしてしまうのではないかと、汗の噴き出る思いもした。何回かのやりとりで会う段取りはついたのだが、直前になって向こうから「来てもらうにも墓は私の実家の九州にあるので、当日は事件現場に行きたいと思う。家から車で二、三時間かかるがそれでもいいか」という電話が入ったという。一人で来ると思っていたのに四人も同行するというので困惑している様子を頼子から知らされていた。四人が緊張しているのはそのせいでもあった。

花束は溺死させられた川本啓介さんの冥福を祈って海へ流すものだった。

込みあげてくる……

小さな駅へ降り立つとワゴン車の近くで小柄ながらがっちりした体躯の男性が待っていた。頼子が小走りに近づいて挨拶している。その人が被害者の兄であることは事前の打ち合わせを通じてすぐわかった。車の中には母と若い女性が乗っていた。乗車した頼子が啓介さんの母に体調を訪ねた。

「昨日父ちゃんをショートスティとかの施設に入れることが出来たんで今日は介護の心配なくいけるもんで……。それまではちっともあんきでけんもんで私の方まで血圧が上がるやら、けつまずいて骨折するやら災難ばっかりで今日まで一緒に行けるかどうかわからなんだんやけど……」低いがしっかりした声で頼子へとも乗り込んだものへともつかない初対面の言葉だった。私たちはあわただしく簡単な自己紹介と、今日会うことを承諾してくださったことに対して礼の言葉を述べつつそれぞれの席についた。車は駅前の混雑したロータリーを上手にかき分けて大通りへと滑り出していた。ゆったりした綿のトレーナーを着た美加さんは六月出産の予定だという。運転する夫の横で無言のままだった。桑畑が点在する農道が続いた。

「昔はもっとずーっと桑畑が続いていましたよ。戦後はこの辺一帯小さな織物工場が並んでましてね、ガチャマン時代とか言って、ガチャンと機械が動くたびに万金儲けると言って、景気が良かった時代もあったんですが、この桑畑もその名残でしょうなぁ」弁護士の井沢はやわらかい声でその場の雰囲気をほぐすように言った。そういえば七人の同乗者のうち地元の人間だと言えるのは井沢一人なのだ。

「私も若い時に九州から一宮に出稼ぎに来て、紡績工場で朝から晩まで働きづめに働いたもんですと……」啓介の母が独り言のように続いた。

突然、前輪が石車に乗ったようにぐらりと揺れて、運転席の信市が大声を上げた。

「おらぁな、あの事件忘れよ忘れよ思うて一生懸命なってるのによう……一言来てもいいよと言っただけでこんなにどっとこられては迷惑なんだよう……

あの事があって以来、もうなーんにも信用でけんごとなってしもて、今までやっとったことが何のためだったのか、今からせんならんことはなんなのか、もう全体が薄暗うなってしもて、今目を開けたらいいもんやら、つむったらいいもんやら、朝だか昼だか、何しとったもんか、何が起きたもんか、自分が何のために生きとるんか、二年間は抜け殻みたいなもんやった。おふくろにもごんたいうて、親不孝した。人心地つくのに六年かかった。たった一人の弟をよう、どうせ殺すならなんで俺を殺さなんだ、おれは三歳の時小児麻痺になって、右手も効かんし足は左に力が入らん。俺の方が三杉と知り合いだったんやから俺を殺しゃあ良かったんだ。

そんな俺に嫁さんが来てくれて、腹の中には子までいる。大事な嫁さんと心機一転生きていこうと思って……忘れようと思って忘れるもんじゃないけど、お宅さんらが来るというんで家は狭いし事件現場に行くとなりゃあ、あの時の事が込みあげてくる……」運転が不意に乱れたのは、この声を出すためだったのか。あまりにも率直な心情の深みから出た声にしばらく車内は静かだった。

「ごめんなさい。もしこのまま私たちを乗せていくのが耐えられないようでしたら、私はすぐおります。でも紀久治さんのお養母さんと頼子さんは連れてってください」私が口を挟むと井沢が続けた。

「いや、一番邪魔なのは僕かも知れないね。あんたの言う通りですよ。いきなり四人も来るなんて厚かましいとは思ったのですが……」

「私が無理にお願いしたのです。私自身体調が良くなかったものですから……。大阪に住んでいるものですからこちらの事情もよく解らないし、ご無礼になってはいけないと思って一緒に来ていただいたんです」

風邪がこじれて長いこと臥せっていた頼子は、今も極度の緊張と車酔いで顔色は蒼白になっていた。ずっとハンカチで口を押さえていたのだが、かろうじていきさつを話した。

頼子は死刑囚の紀久治から弁護士と私に同行して貰うよう請われていたのだがそれは口にしなかった。

「今日はもう、そのつもりで来たんだから……」腹に据えかねたことを一気に口にしたので信市は少し人心地がついたようだった。

自己紹介

窓外は桜並木に移っていた。去年まで暖冬が続いていて四月に入れば桜が満開か散りかけるのに、今年は三月まで雪が降った名残か六日になっても花は五分咲き、横殴りの風に咲いた花もちぎれ飛びそうな痛々しさだ。窓外の風景とは裏腹に車の中は暖房の熱気で汗ばむほどになっている。

私は信市の心の深さに打たれるようにぼんやりと通りすぎる花々を見つめていた。込みあげてくる信市の思いをもっと吐き出してもらいたかった。

「まだ現地まで二時間はあるかしら、一緒に連れてってくださるなら私信市さんからどれだけ叱られたっていい。今日はどんな事でもぶっつけて貰うつもりで来たんだから……。頼子さんは以前からお便りを出してたんだからよく解ってると思うけど、私たち何者であるかも知らずに話すのって辛いとこあるじゃない。ざっくばらんに自己紹介しましょう。私は先程お母さんのゆきさんが言ってみえた一宮の織屋さんで、中学卒業した翌年だったかに、出稼ぎに来てたことがあるの。半年ぐらいで辞めちゃったけど……。もしかして同じ年に一宮にいたのかもしれないなんて今思ってたとこ。今年丁度還暦なんだけど」

「私は六四歳です」ゆきが答えた。

「三重県の志摩半島から出てきたんだけど、三重県出身というのもちょっと違うかな？　三重は父の故郷で母は九州の出身、私は旧満洲で生まれたの。敗戦の翌年三重県に引き揚げてきたのね。なんだかちょっとの間にゆきさんたちが九州出身だと解ったり、世間は狭いというか、御縁が深いというか。昨年の末、死刑執行があったでしょ、名古屋で……。あの死刑囚の、私は姉がわりになって面会してたんです。私はとうとうあの人の被害者のお父さんに会う事さえ赦されなかった。だからたとえ信市さんに叱られてもお会いできたのが嬉しい。谷野やす子と言います」

「瀬田洋子と言います。カトリックのシスターです。一昨年まで頼子さんの近くの大阪にいましたが岡崎に赴任してきました。ペンフレンドである頼子さんは紀久治さんの死刑確定と同時に面会できなくなるというので、私は気楽な気持ちで養母になることを引き受けました。今も後悔はしていませんが、人の命を預かるということの重さをずっしり感じております。私は山口県出身です」

「私はねえ、大津生まれなんですよ。ま、三歳の時から父の転勤で名古屋に住んでますがね。弁護士の井沢です。何かお役にたつようなことがあったら言って下さい」

「いいなあ……加害者の方には弁護士がついてて……俺らァ被害者なのに検事に何やかや聞かれるだけで事件がどうなっとるかさっぱりわからん。教えてくれる人がおらんのだもんね。どうなってるのか……、誰に聞きゃあいいのか、今まで親しかったもんもみんな遠ざかってしまった。たまあに行き会って以前のこと知ってる奴は仕事仲間でも一人だけかなあ……妻の美加とは昨年の春、結婚相談所に行って知り合いになった。俺は九州のもんがいい、宮崎のもんならいうことなか、というんが唯一の条件だった。そしたら嫁さんの方も九州のもんがいい、宮崎のもんがいい、ということでいっぺんに話が決まった。俺はこんな身体だし、そんな俺と結婚してくれる相手がいたのに感謝した。美加はミシンの下請け工場で働いとったが、ベルトコンベアの仕事がきついやら、故郷を離れて孤独なやらで、てんかん症状が起きるということやった。でも俺と一緒になってからまだ一度も発作を起こしたことがない。自分がこんなだから健康法には気を付けてて、呼吸法を教えてやってるんだ。美加のお腹の子がたとえどんな躰で生まれてきても俺には大事な子だ。待ち遠しい」

「信市は三歳の時麻疹がこじれて大熱出して、入院するやら医者からも見放されるぐらい大騒動した挙句、いのちは取りとめたもんの手足が不自由になって苦労したけんね。私は男運が悪いというか、信市と弟の啓介が生まれても夫の酒乱が治らんと、私も子供も殴られてばかりいてね、私がいくら働いて稼いでもみんな取り上げられて……。夫は何にも働かんとよ。私は料理屋の仲居をしたり、若い時に来た一宮に子供を実家にあずけて働きに来たり、夜昼なく働きづめに働いたが男がみんな呑んでしまった。たまりかねて東北まで家出同様の出稼ぎに出たりした。この子は昼間働きながら二部の高校に通って卒業したんだが、この子が働いとる先まで夫は金せびりに行ったげな」母は後ろの席から補足した。

思いのたけ

「集団就職でこちらに来て西も東も解らんときに社長の三杉さんにはよう可愛がってもろた。髪が伸びてくると鋏で虎刈りに切ってもろて『からかわれても負けるな!』いうて背中どやされて、剽軽ばっかいうとったけどかまってくれるのが嬉しかった。旋盤工の見習いやっとったが、左右対称に削るのには右手に力が入らん分、腕の置き方を工夫するとかコツを覚えるのに人の何倍も努力した。改善提案も会議があるたびに提出した。左右対称に削る装置も考案して採用された。鉄工業も不景気になったり、旋盤はコンピュータ化したりで人がいらんようになった。このままではいかんと思って運転免許を取りに行った。まあ、学校ではさほど勉強しなかったばってん、これから生きてく為だと思えば必死じゃけん、今から思えばよう勉強したもんよ。それまでも普通免許はあったけん、大型免許を取るには握力とかの検査もあるからね。ギューッとあるだけの力出して握ったね。平針の試験場で発表があったときは一六〇人位の受験者だったかなぁ……一回目から合格するとは思ってもいなかったけん、合格者の発表の時も期待せんと聞いとったらよう、二番目に俺の名前呼ばれて満点だったと言われて夢んごたる気分だった。何かあったら三杉さんのところへ遊びに行った。庭で火い起こして焼肉したり、みんなでうどんつくって喰うのが楽しみだった。町内のソフトボールにチームつくって参加したり、それがあの事件以来どうしてもいけんようになった。仕事で近くを通っても懐かして車が思わずそっちの方へハンドル切りそうになって、どうしてるかと顔が見となって……俺の青春真っただ中だった思い出を懐かしんで話す相手もいない」しばらく言葉をとぎらせていた。ゆきが言葉を継いだ。

「あんときだって啓介が突然どこさ行ったかわからんごとなって、溺死体が上がったけん見にこいと言われて、宮崎から出てきたもんのどこさ連れられていくのかさっぱりわからんで引っ張り廻されて、夢でもみとっとじゃなかなってとても信じられんかった。鑑定で自殺だと認定されて、そげんこつ、自殺するはずがなかったとに、半田に就職して初めて正月にかえるけん、皿うどんつくっといてよ、あんころ餅つくっといてよ、さつま揚げ買うといてよ言うて、二、三日前に元気な声で電話がかかって来とったとが自殺する筈がなか、成人式のスーツまで買って持っとったとに自殺なんてする筈がなかとに……いっくらいうても取り上げて貰えんかったばってん。後になって殺されたことが解って、どげんこつじゃいろ、あんとき自殺なんてする筈がなかと、どがだけ言うてもガタガタ調べに来るばっかりで、こちらの言うこと聞く耳もたんで……」母親のゆきが言うと、さらに信市は運転をしながら「おふくろは宮崎の実家にいて、弟は高校卒業してから俺が呼んで就職口も俺の会社と関連のとこに就職しておった。おふくろにとっちゃあ何が起きたんだか、こっちの地理も事情も解らんことだし青天の霹靂だったことだろ。たまたま新しい就職口がみつかった。鯛や蟹の生簀の盗難が多いんで監視係の仕事に行ったということやった。足を滑らせて溺死したということやったが、しばらくして自殺だというて来た」母と息子は互いに自分の思いのたけを語った。

互いに自分のいた場所からの封印された出来事を繰り出すかのようだった。

信市の運転は安定してきていた。運転に合わせての語り継ぎ方に彼の誠実さが現れていた。私たちはそれぞれの座席に張り付いたようにして涙で瞼が濡れるにまかせていた。この朴訥で働きもののゆきさんも言う通り啓介さんの死は自殺ではなかった。事件の起きた近くにいた事もある兄は最初事故死と聞かされていたのだった。兄は兄で事故死の原因に納得していなかったのだが、それを自殺と無理やりのような鑑定がなされたのはなぜだろう。

確かに青春していた啓介さんのアパートで、失恋めいた手記が見つかったことが自殺と結論付ける決定打になったらしかった。

後から保険金目当ての殺人事件と解ってみれば、保険金をかけて間もない被保険者である啓介さんに対して多額の保険を支払うには、事故死認定の証明力が備わっていなかったのだろう。浮上した水死体をことなく収めるには自殺と片をつける方が早い。

生活に困窮していておいそれとは出てこられない遠隔地にいる母の叫びなど、当局が圧殺するのはわけない事だ。

啓介さんの死は最初事故死と伝えられ、青春の感傷を書き散らした手記をもとに自殺と認定され、肉親の喪失の苦しみと認定の疑念を抱えたまま四年、突如それが殺されたものだと、殺人事件として明るみに出た時、母と兄の傷口はもう一度容赦なく引き裂かれた。明るみに出てみると信市がこちらに来て最初に就職し可愛がってもらった社長の弟が殺人犯だったというのだ。信市は今人心地つくまで六年かかったという。六年でよくぞ立直りへの力を甦らせてくれたものだとその年月を噛みしめる思いだった。

二人の話は行きつ戻りつしながら赤裸々に語り継がれていく。

氷雨連弾

外は半島の街道を走り抜け車内にも潮風が忍んできた。雑木林には椿や山桜が一重に八重に咲き競っている。私が育った志摩半島も湾で結べば近い位置にある。潮風の中の花々は見るからにたくましい。私にとっても懐かしい花々である。暮色に染まった舗道の片隅にきらきら光るものがころがりおちる。氷雨だ。

さっきから二人の語りを促すようなウィンドーを乱れ打つ音があった。時ならぬ小粒の光たちは、殺された啓介さんの使者であったのかもしれない。

「今は遠距離トラックに乗ってる関係で、この道を通ることがある。もう一つ先の交差点を左へ登ったところに兄貴の家がある。ここを通るたびに胸がしめつけられるようになる。人の寝とるとき遠距離走って、一週間に一度ぐらいしか家族にも会えん。遠距離の仲間だって昨日までトラックの窓越しに競馬の話とか酒の話とか陽気に話しとった奴が、居眠り運転で死んだとか、明日の命がどうなるもんやら知れたもんじゃない。仲間にはバカんごたる話ばっかして、どんなに急いでる仕事でも命あってのものだねだ、眠うなったらすぐ道端に止めて眠れ、言うて働いとる。三杉の兄貴には『人の世話にならず暮らせるようになりました』言うて、嫁さん連れて行きとうても、どんな思いをして暮らしているかと思うとどうしても行けん。弟が亡くなったばかりじゃない。俺の青春の生きてきた足跡までかき消されてしもうた。俺はたまらなくなって一回だけ兄貴の家の前までそっと見に行ったことがある。日が沈むのを待って人目につかんようになってから裏道を通って見に行った。あんなにたくさん飼うとった鶏も数えるほどに減っていた。俺がよう散歩に連れて歩いた犬もいなかった。さびれて……ひっそりしていた。

「被害者の家族も辛い毎日だったが……、犯人のほうの家族や親戚は、考えようによってはもっと辛かったかも知れん。兄貴の家には息子が一人いた。もう成人しているだろう。三杉さんの弟の方とは俺はあんまり付き合いがなかったからわからんが、確か小さい子が二人いたはずだ」

いよいよ信市さんの弟啓介さんに手を掛けた紀久治の方へ話が及んできたことに車内は緊張した。

「なんであんなことしたんか。不動産で悪い物件掴まされたというようなこと聞いていたが、一人で解決するつもりでいたんだろう。誰かに相談すりゃよかったに……」

頼子も私も知っていた。事件後、紀久治をかばい通した姉が世間の風当たりに耐えきれず自殺したことを……。紀久治の息子が成人式を前に自死したことを……誰かに相談していたら解決していただろうか。今になっては誰にも応えの出せない暗闇だけがある。息子さんの自死を私に知らせてくれたのは、あろうことか啓介さんの事件から三年後、紀久治たち（彼らは三人殺害していた）の第二の犠牲者となった村田康雄さんの兄からだった。兄正治さんは既に紀久治の助命嘆願書を法務大臣が替わるたびに提出している。村田正治さんも最初の頃はマスコミに対して「許せん、死刑以外ありえない」と叫んでいたとのことだった。謝罪の手紙が届くたびに、開封もせず屑篭いきだった。ある日、一言文句を言ってやろうと面会に行った。出てきた男は目に涙を浮かべ土下座したという。村田さんは「許した訳ではない。これから彼がどう生きていくか見守りたい」と思うようになった。彼は紀久治の息子さんが自死したことを私に伝え、車で迎えに行くから告別式の後に一緒に行ってほしいという。一人では何と言っていいか解らないからと。

彼は私を車で迎えに来てくれて紀久治の息子の密葬に近い告別式の直後に訪れた。小さな教会でシスターたちが片付けに追われていた。棺は段ボールでできていた。村田さんが全国死刑廃止ネットワークに知らせたことで花篭が十杯ほど並んでいた。夫人は失心せんばかりの姿だった。床を叩くようにして村田さんに泣き叫ぶ声で謝罪した。

「本来なら、私が、私がお許しを請いに出向かなければならないのに……どうしても、どうしても、あの人のした事が赦せなくて……この子だって、この子だって、あの人がこんな目に合わせたんだって……」となりには娘さんらしき高校生ぐらいの人が母をしっかり支えていた。私は娘さんに向かっていった。

「お母さんを守ってあげてね。お兄さんも苦しんだのでしょうがこんな時は女は強いのよ。あなた方は何も悪いことしてないんだから、あなたがお母さんを守ってあげてね」娘さんは強くうなずいた。その時、村田さんも言っていたのだった。被害者家族はまだ周りの人から同情されたり、いたわられたりする事で喪失の傷を癒すことが出来る。加害者家族は自分たちは悪い事もしていないのにマスコミにさらされて、その辛さは私たちと比べものにならないだろう、と。

村田さんは年が明ければ紀久治の息子さんが成人式を迎えることを知っていて、お祝いをしてあげようと心ひそかに準備していたという。その時の光景が私の脳裏をよぎった。

車が街角のスーパーの前で止まった。

「もう三十分ほどで現場に着くんだが、現場近くにはトイレがないもんで、ここのスーパーでトイレ休憩でもしましょうか」行き届いた配慮だ。この辺の道路事情を知り尽くしていた。三杉の兄さんの家はとっくに通り過ぎているらしかった。

車は動き始めてから二時間たっていた。頼子に手助けされて席を立った母親のゆきは、後ろの席にいる私を振り返って言った。

「息子がこげな事思うとったなんて初めて聞きました」男運が悪かったというゆきは、今の夫の介護の時に足を骨折したのだという。その足をいたわるように頼子に支えられて横なぐりの風の中を歩いていく。

息子も母親もそれぞれの感慨をかくしだてもなく、さながら連弾のように語り継いだ来し方に耳を傾けていた私たちは、それぞれに涙で充血した眼を確認しあうように微笑みながら事件現場への身支度をしに店の中へ向かった。

埠頭での祈り

いよいよ事件現場に向かうとあって七人の同乗者は寡黙になっていた。風景もまた、索漠として海が近づいているはずなのに、磯の香りが感じられない。山壁が無秩序に削られ掘り返され工事現場は未完成のまま打ち捨てられている。語り継いできた二時間から急に無言になったドライブが行先を暗示するかのようだ。

まだかまだかと前方に目を凝らしていた私は、ふと現場まであと三〇分といった信市のインフォメーションに気づいた。あ、もうじきではなく、あと三〇分あるのだ。と思うとやっと落ち着きを取り戻した。舗装の道が急に荒削りの道になったり、バラスが敷かれた道になったりした。小さなショベルカーやフォークリフトが、さながら乱開発のモニュメントのごとく赤錆びたまま工事半ばで放り出されている。海岸線に近い筈の道をゆすぶられながら車は進んだ。

「もうこれ以上は車が入れんで下りて歩いて貰わんといかんが、足元に気いつけて」信市はぬかみの少ない場所に車を止めると先に立って埠頭へと案内した。

埠頭と言っても船舶が行き交って活気づいている波止場とは言えない。日本列島各地の海岸線で大企業誘致、大型船舶の誘致、過疎化への歯止めと地元労働者の雇用確保など、地元の人々の切実な願いを餌にしたキャッチフレーズで充分な目算もないまま開発に踏み切った海岸線は、乱開発欲望の夢の跡とでもいえばいいのか、予算を使い果たしたところが工事を終えた時というのか、コンクリートが木枠を外したままの突堤になっていた。

突堤の半ばで信市の足が止まった。信市を取り囲むように六人が止まった。

「あそこら辺だな。あの三角のポールが浮いとる、ちょっと右側あたりで遺体が上がった」

信市の腕が事件の起きた場所を示す。みんな黙って沖合を見つめた。

この事件に関しては名古屋高裁での結審の時、検事側最終弁論と判決公判を傍聴した。傍聴席には神父や制服のシスターが弁護人側の関係で見守っているのが、一抹の救いを感じさせた。とはいえ検事の口から描写される殺しの態様が心地よかろうはずがなかった。

船から突き落とされた青年が船べりにしがみつき助けてくれと懇願するのを、一人が青年の手を船べりから力づくではずし棒状のものでしずめようとする、執拗な状況をこれでもか、これでもかと陳述していた光景を思い出す。紀久治はその時船の舵取りをしていた手が震えて立ち上がれなかったという。

頼子は船酔いの躰をやっと自力で立っていた。ここだったんだ。判決文は繰り返し読んでいた。思わず紀久治に呼びかけていた。

〈ここであなたは啓介さんの命を絶ったのね。拘置所の中からあなたはここへ謝罪に来ることもできない。あなたは今、この時間を啓介さんに謝っていますか。私はあの沖合で啓介さんの命を奪った人と、命を奪われた人の家族との狭間で自分の心に命じています。顔をそむけてはいけない。この現場まで辛い心の傷を荒立てながら案内してくださったこの家族の痛みを私のものにしなければいけない、そう言い聞かせています。

私は、身も心もフラフラだけど、この家族の痛みを分けてもらうには力弱すぎるけど……、啓介さんおゆるし下さい、紀久治さんと、あと二人の人がした行為は許されざる行為です。彼らのした行為を私は今、お兄さんの指された沖合を見ながら思い浮かべています。幻の中でまざまざとその浅ましい行為を自分につきつけています〉

シスター瀬田と頼子は持参したキャンドルに灯をともし、互いの上着で風雨から灯を守りながら祈りを捧げた。花束が流された。信市は弟へ持参した缶ビールを二本、栓を抜いて海に流した。母ゆきがここを訪れたのは何度目なのだろう。風にさらされながらじっと沖合を見つめている。美加さんはおそらく初めてのことであろう。夫のそばでフードつきのジャケットに身を包み沖合を見ている。弁護士は信市とライターの火を分け合いながら何事か話しかけている。

頼子は風で灯をかき消されたキャンドルに目を落としたまま、紀久治が贖罪の念を深めていること、自分自身がお母さんやお兄さんの前に跪きたいのは山々だがそれは許されないので今回あって下さったことに対して心からのお礼を伝えてほしいと、実の姉への手紙を通して言ってきたことなど、風に吹き飛ばされる声を区切り区切り伝えた。

シスター瀬田は、最近面会した時の様子や宗教画を鉛筆の模写で描き、だんだん深みが出て来るように思われる、と言葉少なに伝えた。紀久治は、宗教画や浮世絵などをボールペンや鉛筆など許される範囲のもので描画模写を続け、信徒たちが寄せてくれたカンパへの礼とし、その一部をカンボジア難民に送って貰ったりしていた。

被害者の命日には頼子を通して霊前に少額ながらお詫びの証を送り続けるようになっていた。

「みんな遠かとこから来てくれたごたるけん帰りましょ、帰りは高速使ってそれぞれの駅に接続のよか所言って下されば降ろしますが……」信市に促されて一同は帰途についた。

殺したらいかん

帰路の車内はもう既知の仲だった。

雑談の中から信市がタクシーの運転手をしていた時の武勇伝じみた話も出てきた。あっちへ行けこっちへ曲がれと長い間走らされた挙句、乗客が小便がしたいと止めさせ立小便を済ませたと思ったら助手席に乗り込んできた。いきなり酒臭い息を吹きかけながら俺の首を絞めようとした。俺は車を徐行させながらドアを開け思いっきり相手の腰をけって外に突き落としてやった。バックミラーで確かめたが男が動いていたので大丈夫だと思い、そのまま家に帰った。

翌日タクシー会社にそいつが来たので、因縁つけに来たかと思って全身から冷汗がしたたり落ちた。ところが奴は謝りに来たのだった。

「それでまあ事無くおさまった訳だが、俺は生きていくため二種の免許をとってタクシーの運転手になったのに、仕事の最中に命を狙われるなんて情けのうなって、もうタクシーの仕事が嫌になった。それで大型免許を取る勉強を始めたとさ。大型貨物の運転なら物運ぶだけだから、運転しながら客に気いつかったり用心したりしなくて済むからね。毎日のように煎餅のごつなった人間を見て走ってるから同僚にも会うたびに言う。事故るな！　けがは自分が痛か目するばっかぞ、死んだら元も子もないぞって、一つごとばっかいうて……、命は大事だ。助けおうて生きないかん、殺しても何にもならん……」信市は自分に言い聞かせるように話している。母のゆきは後席の私に振り向いて言う。

「息子は今年営業所の責任者になったとです。それで引っ越したとです。今まで別々に暮らしてたとですが、私に『たった一人の身内じゃなかか、どうして俺んとこに来ん』言うてそれでも今の父さんは息子の実の父ではないし、年はとってて年中医者にかかっとるし、私も苦労ばっかし通しで来たけど、息子にこれ以上苦労かけるのもと思ったんだがそう言うもんで一緒に住むようになったとよ」

「まあ、それじゃあ今回の引っ越しはご栄転だったのね。努力家なんだから信用されるのは当然ね。……来るとき聞かして貰った話なんだけど、私たち金も力もない者揃いなんで話を聞いても何もお力になれなくて申し訳ないんだけど、あの三杉さんのお兄さんにそれほどお会いしたいと思っているのなら、この話はこちらで段取りして実現できるような気がするんだけどどうかしら」

「そうだね、そんな時こそ僕の出番かな？」井沢弁護士が相槌を打った。

人々はすっかり打ち解けてよもやま話に移っていた。頼子一人が浮かぬ顔をしているのも長時間車に揺られているので疲れきっているのだろうとの心配だけだった。このままでは別れがたい、川本さんの所は家族揃って来て下さったのだから遅く帰ってからの食事の支度は大変だろう。一緒に食事をしてから別れませんかと提案すると、信市は、いいよと応じてくれた。名古屋市街のファミリーレストランに着いたときは、行くときには思いも及ばなかったほど和やかな笑顔が一人一人の頬を包んでいた。言葉少なだった美加さんに

「もう赤ちゃん動いてる？」と頼子は聞いてお腹に手を当てさせて貰っている。

「これからいつでも来て頂戴」ゆきは苦労を刻んだ福顔をほころばせて一人一人に言う。信市に気づかいするでもなく自分の意志で私たちにこいと言う。信市も離れた席で深くうなずいている。団欒の時が過ぎ別れが来た。私たちは三人の家族に両手で別れがたい握手をした。ゆきも美加も手を振ってこたえた。信市はプロらしい確実な運転で方向を定め片手をあげて私たちに応えた。

私たちは感動冷めやらぬ態で黙々と歩きだした。拘置所の前を通った。紀久治はこの七階で私たちが今、この建物の前をそぞろ歩いているとは想像もしていまいが、今日の首尾を案じてはいるだろう。拘置所の周りの桜が雨に濡れて夜目にも美しい。しかし収容者たちは足元の花さえ愛でることは許されない。名古屋城を斜めに横切りライトアップされた桜並木の下を通る。ネクタイを緩め腕章をつけた酔客たちが週末さえ仕事から解放されず無理な気焔を上げているが、それに乗る者は

いない。相次ぐ大手企業の倒産で景気の回復など見通しが効かない事を招待客たちははっきり感じている。

先程まで車に揺られ続けた余韻が躰に尾を引いていて、別世界にいるかのように不幸な酔客たちを眺めている。

「お花見なんて何十年ぶりみたい。今日はほんとに来てよかった。月曜日に早速紀久治さんに面会してきます」シスター瀬田が言う。

後日譚

後日、シスター瀬田から電話を貰った。紀久治はその日の報告を聞いて

「そんなにいい人たちの家族を不幸に陥れた僕を、あらためて許せんと思ったでしょう」とつぶやいたという。

「きっと彼なりに感じたことがあったのでしょう。それから……」と言葉を継いだ瀬田は、その後、三杉さんの兄の家に連絡を取ったところ

「自分たちは、あの悪夢のような事件を近所の人たちに思い出させたくない。ひっそり暮らしているので私たちにかまわないでほしい」と言われたという。少しずつほぐれていくよう努力してみますとの事だった。頼子があの時無言だったのは紀久治の縁者たちがどんな思いで暮らしているかを

知っていたからだったのだ。私もうかつだった。私が義姉となった死刑囚の家族や縁者たちも、ごうごうたるマスコミの非難に身を伏せて暮らしている事を紀久治の身内に置き換えて考えられなかったとは情けない話だ。

信市さんが三杉家を訪れがたかったのも、被害者家族と加害者側の縁者として引き裂かれながら、悪夢の時間や歳月が重なっていた事で同じ痛みを感じ取っていたからだろう。

生かしあえてこそ

あれから丁度一年が過ぎた。四月六日、今年は春の訪れが早く桜はもう散りかけている。信市と美加の子はすくすくと育っているという。ゆきは八十歳を超えた夫の面倒を見ながら自分の老い先を考えている。ゆきも信市も独力で立ち直ったとはいえ失ったものが今だ癒されている訳ではない。生活に追われていたからこそ犯罪被害者給付金の存在も知らず、知らされず信市は2DKの家で妻と子と母と義父の生活を一手に引き受けている。

啓介の溺死体が発見された時、母ゆきの叫びを充分聞き分け捜査を進めていたら第二、第三の事件は未然に防げたはずだった。自殺との認定が間違いであったことが解ったとき、捜査当局は被害者家族に謝り、被害者給付金の存在を知らせるのが筋ではなかったか。人の命は金で贖えるものではないが、癒しを手伝う糧として必要なものだ。

紀久治は獄中で固いペンだこが出来た手で宗教画の模写に余念がないが、近ごろ眼球に黒点が現れ頭痛に見舞われているという。贖罪の証ともいえる彼の作業を制限しようとする動きも出ている。立ち直ろうとする被害者家族の生命力をもう一度手折る事のないように、彼らの努力を汚すことのないように立ち直りの息吹に手を添える機運を創り出していきたい。

登場人物は全部仮名でありフィクションの部分もあることをお断りしておく。これは確定死刑囚瀬田紀久治（仮名）の恩赦出願資料として書いたものである。

その後、川本信市氏も瀬田死刑囚に対する助命嘆願書を提出した。村田氏は法務大臣が替わるたびに瀬田死刑囚に対する助命嘆願書を提出していた。

しかし、二〇〇一年一二月二七日名古屋拘置所にて瀬田紀久治さんは死刑執行された。

二〇一六年現在、死刑囚の処遇も少し変わり親族でない人も数名面会できるようになった所もある。また、犯罪被害給付制度の拡充が二〇一四年一一月一日から施行され、自賠責保険と同程度（最高三千万円）給付されるようになった。

あとがき

自分の経験以外の事を作品として描いたのは「蟻の塔」が初めてである。時代背景も庶民にとっては霞のようなものだ、というふうに出ていればと思う。無口な夫との対話とも独り言ともとれる話の中から紡いでみた。わたしと夫の暮らしの場も二〇一八年三月一日から変わった。〈葵の園・長久手〉という老人養護施設の落成と同時に居を移した。

「蟻の塔」のほとんどをこの施設で描き進めた。夫は別の部屋にいるが一つ一つ取材してみると私の思い違いがこんなにも多いものかと思い知らされた。その意味で、「蟻の塔」には今までと違った愛着が生まれた。

「蟻の塔」「ヒッチハイク」と夫が中心になっているのに、「芝植え記」「花冷え、氷雨連弾」は独立した作品だ。捨てがたかったのでここに収録した。

「ヒッチハイク」は四〇年近く以前のものである。読み直してみてこの一冊にはなるべく夫を中心にしたものにしたかったので、すっきりさせるため一〇ページほど削った。ヒッチハイクから夫の画家としての自立が始まった。私の作家としての営みも始まった。今、夫金原テル也がどんな作品に到達しているか見てほしいので四枚の絵をヒッチハイクの後にカラーで掲載した。私と娘は、夫に画集をつくるよう再々すすめたが応じなかった。晩年には二紀会の委員になり秋の全国展には東京まで三日間審査に行った。私が彼の絵を尊重するのは、毎回新しい構図に挑戦して二度と同じ構図にしがみつかない事だ。片鱗を見ていただけたらと思った。

パソコンを自室で充電して憩いのスペース（と勝手に私が名付けた）でパソコンを打つため、スタッフの方々にその度に自室から運んでもらった。一区切りつくとまたスタッフの方に自室に運んでもらった。そのお手数と御親切に心から感謝します。

インパクト出版会の深田卓さんには今回もお世話になりました。ありがとうございます。いつも校正を引き受けてくださり、私の気がつかない点まで指摘してくださる稲垣友美さん、施設まで、いつも来て下さってありがとうございます。

発行日が八月一五日になっているのは一九六〇年八月一五日に金原に入籍して五八年目になる記念とした。

日方ヒロコ（ひかたひろこ）
1936年中国東北部チチハル生まれ
著書
『ねずみおんなは食み破る―わたしの監獄考』社会評論社、1985年
『はぐれんぼの海―日方ヒロコ作品集』れんが書房新社、1987年
『死刑・いのち絶たれる刑に抗して』インパクト出版会、2010年
『やどり木―日方ヒロコ作品集』れんが書房新社、2014年
『死刑囚と出会って―今、なぜ死刑廃止か』インパクト出版会、2015年

ヒッチハイク―日方ヒロコ作品集

2018年8月15日発行
著　者　日方ヒロコ
発行人　深　田　卓
装　幀　宗利　淳一
発　行・インパクト出版会
　113-0033　東京都文京区本郷2-5-11　服部ビル
　TEL03-3818-7576　FAX03-3818-8676
　E-mail:impact@jca.apc.org
　http://impact-shuppankai.com/
　郵便振替 00110-9-83148
印　刷　モリモト印刷
